大活字本シリーズ

宗旦狐

茶湯にかかわる十二の短編

澤田ふじ子

《上》

埼玉福祉会

宗《そう》旦《たん》狐《ぎつね》 上

茶湯にかかわる十二の短編

装幀　巖谷純介

宗旦狐／上巻◆目次

宗旦狐

茶湯にかかわる十二の短編

蓬《ほう》萊《らい》の雪

蓬萊の雪

一

「寒うなってきましたなあ」

「ほんまにそうどす。今朝は初雪がちらつきましたけど、夜には本降りになるかもしれまへんなあ。きつい冷えが、足許《あしもと》から這《は》い上がってきてますがな」

弥助《やすけ》は京都・五条大橋東の鞘町《さやまち》で、小さなうどん屋を営んでいた。

「さぬき屋」と白地に黒く染められた暖簾《のれん》の前で、町内の顔見知りと出会い、岡持ちを提《さ》げたまま、短く言葉を交わした。

店の間口は三間、軒の低い建物は古び、見るからに客足の少なそうなうどん屋だった。

町筋の一本東には、伏見街道が通っている。

店がその町筋にでもあればまた別だろうが、場所が悪いのだとわかっていても、今更どうにもならなかった。

灰色の雲間からのぞく冬の陽《ひ》が、西に沈みかけている。

「北山がうっすら雪をかぶってますわいな」

町内の男は、そんなことも気づかへんかったのかといいたげな顔で、町路地の木戸門に走りこんでいった。

弥助が手に提げた岡持ちの中には、空《から》の丼鉢《どんぶりばち》が三つ入っていた。

この辺《あた》りで出前を頼んでくる客は、やきもので知られる五条坂が近いだけに、窯場《かまば》で働く轆轤《ろくろ》師や絵付け職人が主だった。

「おっさんとこのうどんは、具《ぐ》が多いうえに汁が旨《うま》いさかいええわいな。そやけどこの丼鉢、縁《ふち》が欠けてて汚いなあ。わしに金の余裕があったら、全部まっさらに替えたるねんけど、なかなかそうもできへんわい。それにしても五条坂界隈《かいわい》で、こんな欠けた丼鉢で商いをされてたら、わしら職人の恥にもなるわなあ」

あちこちで同じような台詞《せりふ》を、ときどききかされた。

丼鉢を新しい物に替えるには銭がかかる。勢いその分だけ、油揚げを小さくしたり、出し汁に使う鰹節《かつおぶし》や昆布《こんぶ》を、けちったりしなければならない。それよりはと弥助は、頑固に旨い汁味にこだわっているのであった。

かれは西陽に頭を下げるようにして、暖簾をくぐりかけた。黒っぽくなった腰板障子戸（表戸）の隙間《すきま》から、旨そうな汁の匂《にお》いが、薄暮の中にぷんと漂《ただよ》ってきた。

「遅うなったけど、いまもどったわい」

表戸を開け、いいながら弥助は店のようすをうかがったが、予想していた通り、飯台《はんだい》に客は一人もいなかった。

やっぱりなあと胸でつぶやき、勢いなく表戸を閉めかけた弥助の目が、東の路上に立つ人物を見て、訝《いぶか》しそうに細められた。

そこに渋茶《しぶちゃ》色の道服《どうふく》をきた蓬髪《ほうはつ》の男が、長い袖《そで》を垂らしたまま、ぽつねんと立ちつくしていたからである。

店から漂ううどん汁の匂いを嗅《か》いでいるのか、鼻をふくらませている気配であった。

しかし客にはなりそうにない風体だった。

「おもどりやす。寒うおしたやろ」

店と調理場をへだてる縄暖簾を手で分け、襷掛《たすきが》けをした女房のお通《みち》が姿をのぞかせた。

「ああ寒かった。けどもうどうにもならへんわいな。畜生《ちくしょう》、うどん代ぐらい付《つ》けで溜《た》めんと、きれいに払ってくれたらええのになあ。こっちにかて都合があるんやさかい。一日延《の》ばしにしてもろうてる焚物屋《たきものや》（薪炭《しんたん》屋）への払いは明後日。これでは支払えへんがな」

かれは岡持ちをお通に渡し、飯台に添えた長床几《しょうぎ》に腰を下ろすと、頭を抱えこんだ。

風が出たのか、表戸がかたかたと鳴った。

――お客はんではないやろか。

それでもかれは強《し》いて思い直し、床几から立ち上がると、土間を急いで通り、表戸を開けて外をのぞいた。

「これはかなんなあ――」

小声でつぶやき、舌を鳴らした。

道服姿の男が、やはり衣の裾《すそ》を寒風にゆすられながら、道端に立っていたからだった。

かれが空腹なのは明白。このとき弥助の胸の奥から、その人の良さが、もぞもぞと頭をもたげてきた。

「親父《おや》っさん、そんなところにいつまでも突っ立ってんと、早う店の中へお入りやす。温かいうどんを一杯、ご馳走《ちそう》させてもらいまひょ」

表戸を大きく開け、道服姿の男を招いた。

「ありがたい。わしは店から漂うてまいるうどん汁の匂いを嗅ぎ、腹の飢《う》えを満たそうとしていたのじゃ。もうすまでもなく、銭は一文も持っておらぬぞ」

かれはなぜか横柄《おうへい》な口調でいい、店の中に入ると、飯台にむかい悠然《ゆうぜん》と腰を下ろした。

身にまとった渋茶色の道服は垢《あか》にまみれ、薄汚れているうえ、異臭さえ放っている。

背中にこれもまた黄ばんだ白布で巻いた細長い物を斜めに負い、腰には小さな布包みを結んでいた。

「さあ、食べとくれやす」

弥助はお通に目で合図して作らせたきつねうどんを、かれの前にすえた。

「さればありがたくご馳走に相《あい》なる」

道服姿の男は六十歳前後。丼鉢に息を吹きかけてうどんを半ばほど食べ、ふうっと肩で息をついた。

「わしは那智《なち》の滝を見に出かけ、やっと京にもどってきたのじゃ。されど実は、きのうからなにも食べておらなんだ。お陰でやっと人心地がついたわい。銭は一文も持たぬともうしたが、繁盛していそうもないこの店に、不義理《ふぎり》をいたすのは心苦しい。明日にでも銭をとどけるほどに、質としてわしが肌身離さず大切にしておるこれを、そなたに預けておこう。それでうどんをもう一杯じゃ」

丼鉢を斜めに傾け、出し汁を残らず飲み乾《ほ》したかれは、またふうっと大きな息をついた。

背中にした細長い布包みの結び目を解《ほど》き、中から太い竹筒を取り出した。

竹筒は節《ふし》が削られ、中も抉《えぐ》られているようだった。筒先は木蓋《きぶた》でふさがれていた。

「こんなもん、質に置くといわはり、中身はなんどす。蓋を取ったら、中から蝦蟇《がま》や蜥蜴《とかげ》なんかがぞろぞろ這い出てきたら、かないまへんさかいなあ」

「道服を着ているからともうし、さようなことはないわい。中身は絵、掛幅《かけふく》じゃ」

弥助はかれが木蓋を取るのにしたがい、恐るおそる竹筒の中をのぞきこんだ。

なるほど象牙《ぞうげ》の軸先が見え、竹筒の内側には意外にも、黒漆《くろうるし》が塗られていた。

お通がおずおずと二杯目の丼鉢を、かれの前に置いていった。

「これで不足なら、腰の旅茶籠《ちゃかご》でもよいぞよ。中に茶碗と茶筅《ちゃせん》、空の茶入《ちゃいれ》が納まっておる。さてこれは熱いうどんを食べたせいか、身体《からだ》がかっとほてってまいった。この熱、まさか風邪《かぜ》ではなかろうな。まあわしも我ながら困ったものじゃ」

かれは二杯目のうどんを箸《はし》で挟み、口許に運びながらつぶやいた。

旅の道中、道服姿の男は木の枝にでも画幅を引っかけ、旅茶籠から茶道具を取り出し、茶を愉《たの》しんでいたのだろう。

「そんなもん、代金の代わりに置いていかんでも、よろしゅうおすがな」

「いや、わしにも見栄《みえ》がある。せめてこの竹筒に入れた画幅だけでも預けておくわい――」

憤然《ふんぜん》といい、かれは音を立ててうどんをすすった。

表戸がまたかたことと鳴りひびいた。

二

美濃《みの》の大きな練鉢《ねりばち》でうどん粉を練っていた。

調理場の竈《かまど》では、湯が沸きつつあった。

弥助は十分練り上げたうどん粉を、広い伸《の》し板の上に置いた。打ち粉をまぶし、伸《の》し棒を使い、巧みな手つきでうどん粉の塊《かたまり》を伸ばしはじめた。

もう一つの竈では、お通が出し汁を作っていた。店の表に暖簾を掛けるのは正午前《ひるまえ》。今日も寒かった。

師走《しわす》が迫っているせいもあり、五条坂界隈はどこもが忙しそうだった。

「お通、湯はまだ沸いてへんやろなあ」

「へえ、沸き立つにはもう少しかかります」

「そうかあ、そしたらちょっと一服や」

切り包丁をつかみかけた弥助は、手の甲でひたいに浮かんだ汗をぬぐった。

「ごめんやす。さぬき屋の弥助はんはいてはりますかいなあ」

表戸ががらっと開けられ、羽織を着た中年すぎの男が、無遠慮に入ってきた。

かれのうしろに焚物屋の手代《てだい》がつづいていた。

「これは伊勢屋《いせや》の旦那さま――」

弥助はうどんの打ち場から、伊勢屋の主新兵衛《あるじしんべえ》の姿を見て、店の土間にすすみ低頭した。

かれには伊勢屋の新兵衛が、どうして手代をともない店にきたのかわかっていた。

「弥助はん、伊勢屋の旦那さまではありまへんがな。わたしがこうしてわざわざやってきたわけぐらい、もう察してはりますやろなあ」

伊勢屋は鞘町の西、問屋町筋に店を構えていた。主の新兵衛は、縄暖簾を手でかかげ、調理場で焚かれる火をちらっとのぞき、飯台の床几にゆっくり腰掛けた。

「もちろん、察しております」

「そしたらわたしがきいへんでも、手代のこれに薪《まき》や炭代の付けを、さっさと払っとくれやすな。今度こそきちんと払うと、店にきてわたしに約束しはった勘定日は昨日。そやのに手代が寄せてもらうと、またまたもうちょっと待ってほしいとは、あんまりやおへんか。そら弥助はんとこの銭をいただかんでも、伊勢屋は潰《つぶ》れしまへん。そやけど払いを一日延ばしにされてたら、わたしが奉公人にしめしがつきまへんがな。そんな店が十軒も二十軒もおしたら、難儀どっしゃろ。少しはこちらの身にもなっとくれやす」

伊勢屋新兵衛はあけすけに苦情をいった。

「伊勢屋の旦那さま、それはわしにもようわかってます。そやけどこっちのほうも、売り掛け金がなかなか取れず、それで付けが払えしまへんのどすわ。どうぞもう少しだけ待っておくれやす」

弥助はかれの前に立ち、また低頭した。

「待ってくれ待ってくれと、いつもいわはります。そやけどこの店、あんまり繁盛せんくせに、うどんの出し汁には、結構な材料を使うてはるそうどすなあ」

「へえ、うどんの旨い不味《まず》いは、出し汁次第どすさかい」

「阿呆《あほ》らし。わたしはその材料を少しぐらい落としても、焚物の付けをきちんと払うとくれやすと、いま頼んでますのやがな」

「とんでもない。そらできしまへん」

「できしまへんとは、どっちを指していうてはるんどす」

「わしは二つともをもうし上げているつもりどす。焚物代、どうぞもう二、三日、待ってもらえしまへんやろか」

必死に懇願《こんがん》する夫の声が、お通には切なくきこえた。

「二つともきけへんとは、あんたも強情《ごうじょう》なお人やなあ。そやけどわたしがこうして自《みずか》ら足を運んできたからには、ただでは帰れしまへんで。有《あ》り金《がね》を払ってもらい、それでも支払いに足らなんだら、形《かた》になにかいただかせてもらいます。それから今後、焚物は現金払いにしとくれやす。伊勢屋はうどん屋の弥助はんに焚物を売らんと、店を潰させてしもうた、そない人さまから、悪口をいわれとうありまへんさかい。さてそれで、支払いの形になにをもろうときまひょ。まあろくなものはありまへんやろけどなあ。目に付く金目のものといえば包丁や釜《かま》ぐらい。縁の欠けた丼鉢は論外で、まさか弥助はんのうどんを打つ腕を、切り取って預かっておくわけにもいきまへんさかい――」

伊勢屋新兵衛は床几から立ち上がり、店の中を仔細《しさい》にじろじろ眺め渡した。

そしておやっと眉《まゆ》をひそめた。

数日前、薄汚れた道服姿の男が、うどん代の代わりに布包みを預けていった。

それが店奥の招き猫のそばに横たえられているのが、目に付いたのであった。

「弥助はん、あれはなんどす——」

「あ、あれはいけまへん。お客はんがうどんの形に置いていかはったもんどすさかい」

「その客、引き取りにきはらへんのどすやろ」

「へえ、明日取りに寄せてもらうというて去《い》なはりましたけど、数日たったいまも、まだきはらしまへん」

「そら食い逃げに決まってますがな。預けた物を取りにくるつもりは、当初《はな》からなかったんどすわ。おそらくたいしたものやおへんやろけど――」

新兵衛は布包みを取り上げ、その布を剝《は》がした。

「中身は絵を描いた掛幅でございます」

「どうせ安物の絵に決まってます」

竹筒の木蓋をはずし、画幅を取り出すと、新兵衛は軸紐《じくひも》を解き、画幅を両手で広げた。

上部には一掃《ひとは》けの破墨《はぼく》に近い筆致で、簡略に大きな山が描かれていた。画面の中ほどの山に伽藍《がらん》が配され、騎馬の人物が侍童《じどう》をともない、そこをめざしている図柄。右上に「雪村《せっそん》」の落款《らっかん》と朱文壺印《しゅぶんつぼいん》が押されていた。

小幅《しょうふく》だが、宋代の画家范寛《はんかん》の「谿山行旅図《けいざんこうりょず》」に似て、雄大な気宇《きう》を感じさせる絵であった。

雪村周継《しゅうけい》は雪舟《せっしゅう》の流れをくむ室町時代の画僧。関東水墨画を代表するといわれている。

「軸木の隅に、雪山騎馬図と小さく書かれてるわいな。なんや、思いがけなくよさそうな絵やわ。弥助はん、これを預からせてもろうときます」

かれは強突《ごうつ》くにも、弥助に有無をいわせなかった。

三

翌日から京は大雪になった。

数日、雪は降りつづき、一旦止《や》んで溶けかけたが、再び大雪になり大晦《おおつごもり》を迎えた。

どうしたわけか伊勢屋から、不足分の焚物代の請求はなく、さぬき屋の客足は増えも減りもせず同じだった。

だが今夜は大晦。弥助は年越しそばの支度だけはするつもりで、そば粉を打っていた。

薪や炭はその後、現金で伊勢屋から買っている。

調理場の竈では、出し汁の釜とそばを茹《ゆ》でる釜が、二つとも湯気を立てており、土間は温かかった。

「ごめんつかまつる。主《あるじ》どのはおいでになるだろうな――」

表戸が開き、立派な服装《みなり》の武士が、塗り笠《がさ》に降りかかった雪を払い、黒布の雪合羽《ゆきがっぱ》を脱いで現れた。外にはどうやら駕籠《かご》が置かれ、扉の小窓が開けられているようだった。

「へえ、主はてまえでございますが――」

弥助はあわてて両手のそば粉を払い、土間に出て辞儀《じぎ》をした。こんな武士や駕籠がくる店ではないだけに、かれは戸惑っていた。

「わしは伊勢津藩の京都留守居役を勤める岡村右衛門《うえもん》ともうす」

伊勢津藩は三十二万三千石。藤堂和泉守《とうどういずみのかみ》が領し、京屋敷は東堀川錦小路上ルにもうけられていた。

「津藩の岡村右衛門さまと仰《おお》せられましたか」
「いかにもじゃ」
「こ、こんな店にまさか、そばを食べにおいでになったんとちがい
まっしゃろなあ」
「いや、ところがそうなのじゃ。今宵《こよい》は大晦。わしの老父が、さぬき
屋で年越しそばを食べたうえ、うどん代を払わねばならぬと仰せられ
てな」
「うどん代を――」
「父上は酔狂《すいきょう》なお人でなあ。わしが家督を相続したあとも、おとなし
く隠居されているどころか、供も連れずに道服姿で、ぶらっと遠路の
旅にも出かけられる。このほどは那智の滝を見にまいられた。京への

帰途、枕探しに財布を盗《と》られ、食うや食わずでもどられたが、屋敷に着くと同時に熱を出し、寝こんでしまわれた。数日前、やっと床上《とこあ》げをいたされたのよ。それでたずねたところ、この店で温かいもてなしを受け、代わりに秘蔵の茶掛けを質にして帰られたそうな。それゆえ父の頼母《たのも》とその礼かたがた、茶掛けの雪村をいただきにまいったのでござる」

岡村右衛門は後ろの気配を察したのか、開かれたままの表戸に、項《うなじ》を廻した。

立派な造りの駕籠から家士《かし》に抱えられ、あの道服の男が、今日は十徳《じっとく》姿で下りてきた。

「これはたまげたことどすわいな」

弥助は思わず声をほとばしらせた。

「さぬき屋の主、あの折りはわしの空腹を案じさせてすまなんだ。この通り礼をもうす。ついてはそなたに預けた茶掛け。わしはあれを店の壁にでも掛け、そなたが打った年越しそばを食べたいのじゃが――」

「いまごろ、なにをいわはりますのや。わしは困ってしまいますがな」

弥助は困惑した口調で、あれはこういう次第でと、画幅について説明した。

岡村父子は、さればその焚物屋にまいり、お礼に付けの代金をすべて払ってとらせようといい、頼母はまた店の前に置かれた駕籠に乗りこんだ。

雪は小止《こや》みになっていた。

女房のお通が、弥助たちを呆然《ぼうぜん》と見送った。

「この店でございます」

「伊勢、伊勢屋だと。京に多いのは伊勢屋に近江屋《おうみや》、それになにに屋だったかのう」

駕籠から下りた酔狂な男は、誰にともなくつぶやいた。

「こ、これはお留守居役さま――」

店の前に金具を打った駕籠が下ろされるやいなや、主の伊勢屋新兵衛が、帳場から飛び出してきた。

「なんと、そなたは商人になりたいともうし、屋敷から暇《ひま》を取った新助《しんすけ》ではないか」

「あの折り、お留守居役さまから餞《はなむけ》にいただいた一両からはげみ、かような店を構えるまでになりましてございまする」

不機嫌な顔の旧主を客間に案内すると、伊勢屋新兵衛は平伏し、しどろもどろに説明した。うどん屋の弥助が、旧主の後ろに小さくひかえているのが、理解できずに不安だった。

「かような店を持つまでになり祝着《しゆくちやく》じゃ。だが新助、それをわしに知らせてまいらなんだのは不埒《ふらち》。さらにわしが、さぬき屋にうどんの形に置いておいた雪村の名幅を、弥助から取り上げるとはなお不埒じゃ」

岡村頼母は平伏したままの新兵衛を、大声で叱《しか》りつけた。

「そのうちにおたずねせねばならぬと思いながら、いまになってしまい、まことにもうしわけございませぬ。あの茶掛けがお留守居役さまのものだとは、全く存じませせなんだ」

「ちぇっ、そなたごときにわかってたまるか。だいたい旨いうどんを出しておるさぬき屋から、売り掛け金が取れぬといい、支払いの形を取るのが心得違いじゃ。それは、かような店を構えるまでになりながら、そなたの心に余裕がないからよ。焚物の売り掛け金は、わしがうどん屋の代わりに払うてとらせる。されどあの茶掛けは、わしに返さんでもよいぞよ。雪村の茶掛けはわしの名代《みようだい》。目付《めつけ》と思うのじゃ。あれを床に掛けて茶でもいたし、心にゆとりを持つようにいたせ。あれに描かれた山は蓬萊山《ほうらいさん》、仙人の住む山じゃ。ほどなく訪れる来年は午《うま》年《どし》。絵の人物は馬で清浄な山にむこうているが、そなたもそんなつもりで商いをするがよかろう」

かれは渋い顔になり、首をひねって溜め息をついた。

「まことにもうしわけございませぬ」

新兵衛と弥助の二人が同時に低頭した。

外ではまた雪が降りはじめていた。

幾世の椿

一

お蕗《ふき》は竈《かまど》の前にかがみこんでいた。

飴色《あめいろ》になるまで使いこんだ火吹き竹で、竈に息を吹きかけていたが、枯れ葉が湿りをおびているのか、火はなかなか燃え上がらなかった。

「かなんわなあ、煙たいだけやがな」

彼女は一旦、口許《くちもと》から火吹き竹を離し、顔をしかめて目をこすった。

両目から涙がにじみ出ていた。

冬の陽《ひ》が早くも暮れかかっている。

京都・竹田街道の東九条村。西北の遠く、東寺《とうじ》（教王護国寺）の五重塔の向こうに、愛宕山《あたごやま》が雪をかぶって小さく見え、今夜もまた雪がちらつきそうだった。

父親の甚助《じんすけ》と弟の国松《くにまつ》が、あと四半刻《しはんとき》（三十分）もすればもどってくる。

二人は朝暗いうちから、手伝い人足として高瀬川筋に出かけていた。

平安時代、東九条村の地には、九条師輔《くじょうもろすけ》や藤原実行《ふじわらのさねゆき》などの屋敷が営まれ、藤原氏一門、とりわけ九条家の関係者の邸宅が多いのが、ここの特徴であった。

村のすぐ東に、高瀬川と鴨《かも》川が並行して流れている。村を南北につらぬく竹田街道を真っすぐ北に上がれば、洛中の東洞院《ひがしのとういん》通りとなり、禁裏の土塀に突き当たった。

「荷主の注文で、西国からとどいた菰荷《こもに》を仰山《ぎょうさん》、明日の早いうちに三条まで運ばなあかんのや。そやさかい、ちょっと助っ人《すけっと》にきてほしいんやわ」

「そんなん、高瀬船の曳《ひ》き人足が、総出したらええのとちがうかいな」

甚助は筵《むしろ》を敷いた土間で草鞋《わらじ》を編んでいた。高瀬川の船役・助左衛《すけざえ》門《もん》の顔を眺め上げていい返した。

東九条村の地は肥え、大根や蕪《かぶら》などの栽培がさかんで、冬とはいえ畑仕事が忙しかったからである。

土間で結び灯台の火が小さく燃えている。

お蕗は船役に茶を出すため、炉に吊《つ》るした自在《じざい》の釜から、湯を汲《く》んでいた。

かつて京の三条から伏見の京橋口まで高瀬川が開削されたとき、東九条村から多くの村人が、川掘り人足としてこれにたずさわった。

そんな関わりから村では、高瀬船の曳き人足として、二条の角倉《すみのくら》会所に雇われていく若者が少なくない。勢い高瀬川の船役たちは、なにかあればすぐ助っ人を頼んできたのだ。

「甚助はん、そないいわれたら、返事に窮してしまうがな。ほんまのところ、船曳き人足のどいつもこいつも風邪《かぜ》で熱を出し、寝込んでいるありさまなんやわいな」

「へえっ、そうなんどすか。酒を飲んで酔いつぶれ、きっと船番所の床にでも、筵をかぶってごろ寝してはったからどっしゃろ。風邪の神さまと貧乏神は、隙《すき》を見せると、すっと身を寄せてくるといいますさかいなあ。とにかく気をつけないけまへん」

「そんな講釈、いまはどうでもよろしゅうおすわ。それで明日の朝には、手伝いにきてくれるのかくれはらへんのか、どっちやな」

前髪姿の国松は、父親と向き合って筵の上に坐り、砧《きぬた》で藁《わら》を打っていた。そのかれが、なにかいいたそうな顔で甚助を見つめた。

だがその表情がすぐ柔らかくゆるんできた。

父親が船役の要請に応えると、見て取ったからだった。

「国松、船役さまが急いではるみたいやさかい、夜なべ仕事もこれくらいにして、もう寝よかいな。あしたはおまえも、手伝いに行かなならんねんで。お蕗、早う船役さまにお茶を飲んでもらいなはれ」

「倅《せがれ》の国松はんまで連れてきてくれるとは、ありがたいこっちゃ。お蕗はん、折角《せっかく》やけどわしは急いでますさかい、お茶は遠慮させてもらいます。親父《おやじ》さまと国松はんに飲んでいただき、二人に早う布団を敷いてあげとくれやす」

船役の助左衛門と甚助が、身分の隔たりを感じさせない口利《くちき》きをしているのは、助左衛門が東九条村の生まれで、二人が幼馴染《おさななじ》みだったからだ。

助左衛門が安堵《あんど》した顔で立ち去ると、甚助は土間に置いた結び灯台の火を吹き消した。

両足の藁埃《わらぼこり》を、腰帯から引き抜いた手ぬぐいではたき、板敷きの床に上がってきた。

炉で燃える炎が、粗末な家の中をぼんやり照らし出していた。

「お蕗、お母はんの塩梅《あんばい》はどないやな」

「へえ、先ほど飲まはったお薬が効いたのか、ぐっすり眠りこんではります」

「わしの働きが悪いさかい、お母はんには苦労ばかりさせてきた。おまえや国松にも、正月がきたからといい、新しいきもの一枚買《こ》うてもやれへん。すまんこっちゃ」

甚助はお蕗が炉端に置いた湯呑み茶碗に口をつけ、彼女に詫《わ》びた。

「お父はん、なにをいうてはりますねん。わしもお姉《ねえ》もこんなに丈夫に育ててもらい、十分、感謝してますわいな。今年わしは十三になったさかい、前から決めてた通り、伏見人形を作る窯元《かまもと》へ奉公に出かけます。そこでしっかり働いて修業して、腕のいい職人になって、お父はんやお母はん、それにお姉にも楽をしてもらうのが、わしの望みなんやわ。お父はんたちには長生きしてほしおす」

国松は炉の火でくすんだ梁《はり》を見上げた。

梁には古びた神棚が祀《まつ》られ、伏見人形でこしらえられた菅原道真《すがわらのみちざね》像が置かれていた。

本当のところ国松は、絵師になりたかった。

だが正統な絵師はいうまでもなく、町絵師の許に弟子入りしても、すぐには稼げない。そのため伏見人形を作る窯元への奉公を決めたのであった。

伏見人形を焼くのなら、東九条村で田畑を耕しながらでもできる。お蕗は国松が型取りした伏見人形に、泥絵具の筆をふるう自分の姿を、ふと想像したりしていた。

目をこすっていた彼女は、また火吹き竹に口を寄せ、くすぶりつづける枯れ葉に息を吹きつけた。

茅屋《ぼうおく》の中に、煙が白く立ち込めている。

その煙が桟格子《さんごうし》の窓から、闇《やみ》をふくみかけた外にただよっていた。

お蕗は気づかなかったが、桟格子に顔を寄せ、家の中をじっとうかがっている中年すぎの男があった。

服装《みなり》は番頭風。もっとも、年頃になるお蕗を卑しい目で眺めているわけではなく、かれは土間の向こうの庭で、一輪花を咲かせる白椿を見ていたのであった。

「てめえ、泥棒みたいに、なにを覗《のぞ》きこんでいるんじゃ。わしんとこには、てめえに盗まれるような物はなに一つないねんで」

竈の火がぱっと燃え上がると同時に、家の外で甚助の大声がひびいた。

「お父はん、こいつ人攫《ひとさら》いかもしれまへん。竈で火を焚いているお姉の姿を、うかがっていたみたいどす」

国松が桟格子の中を眺めてわめいた。

「てめえ、よその娘を覗き見しよってからに。京の大店《おおだな》に奉公するそこそこの男らしいが、折角の奉公がふいになるのが、わからへんのかいな」

甚助の罵声《ばせい》が、お蕗の耳を激しく叩《たた》いた。

彼女は火吹き竹をにぎり、すっくと立ち上がった。

二

竈で釜が湯気を噴いていた。

思い木蓋《きぶた》が、わずかにずらしてあった。

甚助と中年すぎの男が、囲炉裏《いろり》をかこんで向き合い、険悪な雰囲気が少し和《なご》んだところだった。

「おまえさまが、わしんとこの白椿を見ていたのやと、そうまで落ち着いていわはるんどしたら、そうかもしれまへん。奉公してはるお店《たな》は四条室町《むろまち》の夷屋《えびすや》。呉服問屋といわはりましたなあ」

「はい、さようでございます。先ほどももうし上げました通り、助《すけ》番頭を勤めておりますす市郎兵衛《いちろべえ》ともうします」

「夷屋の旦那は仁左衛門《にざえもん》さま。店の茶室で初釜をかけるに際し、九《く》品寺《ほんじ》の和尚さまをお招きするため、ご挨拶《あいさつ》に東九条村までできたんやと、いわはりましたな。まあ、それがほんまかどうかいまにわかりますわいな」

甚助は囲炉裏の火を火箸《ひばし》でつつき、市郎兵衛の顔をうかがった。

自在に吊るした釜の湯が沸いていたが、甚助はまだ茶を出す気にはならなかった。

「はい、ほどなくわたくしがもうし上げていることが、本当だと確かめていただけます」

「倅が九品寺の和尚さまを呼びに行きましたさかいなあ。和尚さまがきはって、おまえさまの言葉に嘘《うそ》がなかったらそれでよし。さもなければお役人さまを呼んで、引き渡さななりまへん」

「わたくしが桟格子から白椿を見ていたのは、東九条村のこんなところに、あれほど歳月を経た見事な白椿の木があるのが、ただただ驚きだったからでございます。できればこのたび旦那さまが催される初釜の席に、ご当家さまから一枝でもいただき、床飾りに用いられたらと思い、じっと見惚《みほ》れていたにすぎまへん」

呉服問屋夷屋の助番頭・市郎兵衛と名乗った男は、穏やかな口調で弁明してつづけた。

「この京都には、さすがに名椿といわれる椿の花が多くございます。しかしわたくしは五十になる今日まで、あのようにまろやかで純白、枝振りも葉の色艶《いろつや》もいい白椿を、見たことがございまへん。旦那さまが今年の初釜に用いられるのは、光悦さまの黒楽茶碗。白と黒、その見映えを考えただけでも、惚《ほ》れぼれする次第でございます。あれほどの白椿、さぞかし主どのが、慈《いつく》しんでお育てになられたに相違ございますまい。九品寺の和尚さまからも、ご当家にこんな名椿があるとは、きいたことがございまへんどした」

助番頭は総番頭の次席になる。

かれらを一番番頭、二番番頭と呼んでいる大店《おおだな》もあった。

「わしんとこの裏庭に植わっている白椿が、京のお寺やお社《やしろ》のどこの椿の木より見映えがええのは、わしも承知してます。わしは自分とこの白椿がどれほどの代物《しろもの》か、季節になると、自分の目で確かめるため、京のあちこちを歩き廻りましたのやわ。ご先祖さまから、大事にせなあかんといわれてますさかいなあ。色合いや品種はちがいますけど、東山・高台寺の有楽椿《うらく》、清水寺・成就院の侘助《わびすけ》、大将軍・地蔵院の八重椿も、わしは見てますねんで。都に生えている椿や侘助なら、わしはほとんど見ましたなあ。北野上七軒の西方寺《さいほうじ》の椿は、千利休さまがお好みやったときいてます。そやけどどこの椿より、わしんとこの裏庭の白椿のほうが見事どすわ」

甚助は自慢そうにいった。

東山・高台寺の有楽椿は、織田信長の弟有楽斎《うらくさい》の遺愛のものと伝えられている。

大将軍・地蔵院は、俗に〈椿寺〉といわれるほど椿の多い寺。同寺の散り椿は、豊臣秀吉が朝鮮に出兵したとき、加藤清正が朝鮮・蔚山《ウルサン》城にあったのを持ち帰り、秀吉に献上したものだといわれている。小《お》野蘭山《のらんざん》も『本草綱目啓蒙《ほんぞうこうもくけいもう》』で、この椿にふれており、花の評判はきわめて高かった。

侘助は椿の一種。小形で一重《ひとえ》の赤や白の花を咲かせる。やはり朝鮮の役のとき、侘助――という雑兵《ぞうひょう》が持ち帰ったため、この名がそのまま付けられたと伝えられている。

「全く、そなたさまがいわれる通りでございます。わたくしも主が茶湯《ちゃのゆ》を行いますゆえ、茶花《ちゃばな》については少々存じており、椿ならさまざま見ております。それでもご当家さまに咲いているほど見事な椿は、拝見したことがございまへん」

「そないにいうていただくと、わしはわが子を褒《ほ》められたみたいに、やっぱりうれしおすわ。まあお茶でも飲んでおくれやすか」

甚助は土瓶《どびん》に葉茶を入れ、自在に吊り下げた釜から、柄杓《ひしやく》で湯を汲み上げた。

「お父はん、お話はほんまどしたわ」

このとき国松が白い息を吐き、土間に駆けこんできた。

「九品寺の和尚さまは、どないいわはったんやな――」

「いまお小僧はんをしたがえ、うちにやってきはります」

国松は開けたままの表戸から、外をのぞいた。

九品寺は浄土宗の寺院。鳥羽上皇が阿弥陀堂《あみだどう》を建立《こんりゅう》、九体阿弥陀像を安置したのに始まるといわれている。同寺の住職法尊《ほうそん》は、夷屋の主仁左衛門と懇意《こんい》だったのである。

「夷屋の市郎兵衛どの、いかがされたのじゃ。ああ甚助、国松からすでにきいたが、その市郎兵衛どのが、主の初釜にわしを招くため、先ほど寺にまいられたのは本当のことじゃぞ」

法尊はこれをお母はんにといい、紙に包んだ饅頭《まんじゅう》をお蕗に手渡した。

墨染めの袖《そで》をひるがえし、囲炉裏のそばに上がってきた。

「まあそしたら疑いは晴れたとしても、九品寺の和尚さま、この夷屋の助番頭はんは難儀なお人じゃわ。初釜の席に裏庭で咲いている白椿を飾りたい、是非とも一枝くれろと、無理をいわはりますのやがな。

なにも知らんと、どもならんわい」
甚助は急に苦々しげな顔になり、愚痴《ぐち》った。
「あれだけ大きく枝を張った白椿。一枝や二枝なら、よろしゅうございましょう」
市郎兵衛はなにが難儀なのかと問いたげに、二人の顔を見つめた。
お蕗が竈から掻《か》き出した熾《おき》を、十能《じゅうのう》で囲炉裏に運んできた。
外はすでに暗くなっていた。

三

蕪が大きく育っている。
粗末な藁屋根のそばに、白椿がいい姿で枝をのばし、そのまわりだけが明るく輝くように感じられた。

多くの蕾《つぼみ》がほころび、すでにいくつか純白の花が開いていたのである。

甚助は国松に指図し、二人で畑から蕪を引き抜いていた。

「お父はん、京の町のほうから、三人のお人がこっちにやってきはりまっせ。あれはきのうの市郎兵衛はんどすわ」

「わが家の椿は一枝も折れへんと、わけをよう話して帰ってもろうたのに、また無理をいいにきよったんかいな。夷屋の旦那は、道理のわからん強情《ごうじょう》なお人らしいなあ」

案内の体《てい》で家に近づいてくる市郎兵衛の物腰を見て、その後につづく人物が、主の夷屋仁左衛門だと、甚助には察せられた。

さらに総番頭らしい男がしたがっていた。

市郎兵衛は胸に布包みを大切そうに抱えている。甚助の家に近づくと、主の仁左衛門に声をかけ、野道に立ち止まらせた。

藁屋根の上からのぞく白椿の大木を指し、あれがそうでございますと、おそらく説明したのだろう。

やがて三人が甚助の家に到着した。

お蕗が裏の畑にあわただしく呼びかけ、甚助と国松は家に向かった。

「すぐきますさかい、囲炉裏に当たってお待ちやしておくれやす」

市郎兵衛たちにいい、お蕗は手をつかえた。

井戸で足を洗い、甚助は不機嫌な顔で囲炉裏のそばに坐った。

「甚助はん、きのうの今日で、まことに不躾《ぶしつけ》なこととやとは思うてます。ここにおいでになるのが、主の夷屋仁左衛門さま。きのう甚助はんから、裏庭の白椿の枝を切ることは、どうしてもできない深い仔細《しさい》をうかがいました。そのまま主に話しましたところ、それでは是が非でも参上せななりまへんといわはり、こうして寄せさせていただいたわけでございます」

きのうにくらべ、市郎兵衛はひどく低姿勢。総番頭の茂兵衛《もへえ》だと引き合わされた人物も、甚助に慇懃《いんぎん》に辞儀《じぎ》をし、挨拶の菓子包みをその膝《ひざ》許にすべらせた。

「わたしが呉服問屋夷屋の主で、仁左衛門ともうします。何卒《なにとぞ》、今後ともよろしくお見知りおきのほどを、お願いもうし上げますする」

夷屋仁左衛門は、膝に両手を置き、甚助と国松に福々しい顔で笑いかけた。

大店の主が、貧しい甚助父子に敬語を用い、丁重に挨拶している。

それは奇妙な光景であった。

「そない丁寧《ていねい》にいわんといておくれやす。わしはどないに頼まれたかで、あの白椿の枝を、人さまに差し上げるわけにはいきまへんのやさかい。あの白椿は、わしだけのもんではありまへん。ご先祖さまからの預かり物。しかもそのご先祖さまも、ご主人さまから白椿の命を永《なが》らえさせてほしいと、託されたんやさかい。ご先祖さまはこの村に住みついてから、与えられた枝を大事に育て、いつしかあのように大きく枝を張ったんどす。助番頭はんにお話ししたそんなわけで、一枝一芽なりとも、人さまにお譲りできしまへんねん」

「きのう助番頭の市郎兵衛から、わたしはその話をきいて、驚くやらありがたいやら。これはご先祖さまがお引き合わせくださった奇縁だと思い、こうして早速、お訪ねさせていただいた次第でございます」

夷屋仁左衛門は急に表情を引き締めた。

甚助はきのう市郎兵衛にこう断った。

「わしのご先祖さまは永禄・天正《てんしょう》の昔、松永弾正《だんじょう》さまに近習《きんじゅう》として仕えていた米沢新九郎《よねざわしんくろう》さまの郎党どした。弾正さまは主の三好三人衆がやらかした悪事をすべて身に着せられ、将軍義輝さまを殺害したの、東大寺の大仏殿を焼いたのと、極悪非道の人間みたいにいわれてます。けど決してさようなお人ではございまへん。将軍さまが殺された当日、弾正さまは大和《やまと》の信貴山《しぎさん》においでになりました。また無法にも大仏殿に本陣を構えたのは三好三人衆。弾正さまを討とうとした折り、誤って転倒させた篝火《かがりび》で、大仏殿を炎上させてしもうたんどす。わしのご先祖の主さまは、弾正さまが織田信長さまの軍勢に攻められ、落城する信貴山に立て籠《こ》もる前、構え屋敷の庭に咲いていた名椿の枝を手折《たお》らはったんどす。そしてそなたはこの一枝を持っていずれかの地に逃れ、わしだと思い挿し木して育て、平穏に暮らすがよいとのお言葉をたまわったんどすわ。わしのご先祖さまが住みついたのがこの九条村。それからわしで九代目。小さな枝も二百五十年余もすぎると、あれほどの大木になりましたわいな。そやさかい、あの白椿はわしの主さまみたいなもんで、一枝もお譲りできしまへんねん。どうぞ堪忍してくんなはれ」

甚助の言葉を市郎兵衛からきいた夷屋仁左衛門は、当夜、ろくに眠れなかった。

「甚助はん、わたしがいきなり語ったとて、にわかに信じられしまへんやろ。けど実はわたしは、松永弾正さまに殉じ信貴山城で討死した米沢新九郎の子孫でございますのや。幾世を隔て、主従がこうしてめぐり逢うのも宿世《すくせ》の縁。わたしは自分の先祖の遺命を守りつづけてくれはったご一家歴代の方々の律義《りちぎ》さに、深く感謝いたします。ほんまにありがたいことでございます。これからわたしが、甚助はんたちの誠《まこと》の心にご恩を返す番。初釜の茶会はあの白椿の木の下で、野点《のだて》として行い、甚助はんご一家四人を、白椿の命を永らえさせてくれた恩人として、主客にさせてもらえしまへんやろか。どうぞお願いもうします」

夷屋仁左衛門と甚助の頬《ほお》に、ともに涙がこぼれていた。

御《み》嶽《たけ》の茶碗

一

梅の匂いがふと鼻孔をかすめた。

城中から北東を眺めると、はるか遠くに白い山が小さく光っていた。大垣《おおがき》藩領の北山の雪は消えかけていたが、木曽《きそ》御嶽《おんたけ》はまだ厳冬の装いを残していた。

からっと晴れた日には、関ヶ原に近い同藩領からでも見えるのであった。

「旦那さま、今日は真っすぐ役宅におもどりでございまするか――」

小者《こもの》の又蔵《またぞう》が天野九左衛門《あまのきゆうざえもん》にたずねかけた。

九左衛門は詰目付《つめめつけ》を勤め、家禄は五十石。主として下士《かし》の監察に当たっていた。

大垣藩に同役は十人。役宅は京口御門そばの西外側町《にしとがわちよう》に置かれ、なかなかの構えだった。

「役宅とはもうせ、かように広い屋敷では、部屋の掃除《そうじ》や庭の手入れが大変じゃわい。もっとも、以前は郡奉行《こおりぶぎよう》さまがお住みになられていただけに、茶室が設けられている。それが取り柄《とりえ》ともうせる」

九左衛門は家禄にそぐわない役宅の広さを愚痴《ぐち》るつぎに、いつも屋敷内《うち》の茶室を誇らしげに語っていた。

天野家の歴代は、別勘定奉行所に出仕し、お納戸役お道具方として、藩主の身辺にかかわるすべてにたずさわっていた。わけても茶道具や画幅の目利《めき》きでは、祖父も父の重右衛門《じゅうえもん》も、家中で随一といわれてきた。

九左衛門も父の薫陶《くんとう》を受け、それなりの素養をそなえていたが、家督を継いですぐ、武芸の練達を見こまれ、詰目付を仰《おお》せつけられたのであった。

「西外側町のあの役宅は、茶湯数寄《ちゃのゆすき》の九左衛門に一番ふさわしかろう。庭の隅の四畳半の茶室は、内々の噂《うわさ》では、先々代の霊台院殿《れいだいいんでん》さまが、京から数寄屋大工をわざわざ呼び寄せ、造らせられたともうす。霊台院殿さまの知恵袋といわれた大目付が、あの邸に住んでおってな。

密談をいたすのに必要だったのであろう。城中では密談などなかなかできぬでな。まあ侘《わ》びた茶室を我が物として用いられ、九左衛門の奴は満足していようぞ」

これが家中の一部での評判であった。

先々代とは四代戸田采女正氏定《うねめのしょううじさだ》をいい、六代藩主氏英《うじひで》の時代になると、この茶室の故事を知る人々も少なくなっていた。

九左衛門がここに住みはじめて、もう二十数年がすぎている。

嫡男の大炊助《おおいのすけ》は、お納戸役見習いとして、役料八石で城中に出仕し、ほかに一女と妻の加奈を合わせた四人の家内《いえうち》は、いたって穏やかだった。

かれは暇があると、茶室に籠《こ》もってその風情を愉《たの》しみ、来客には一服茶を点《た》ててもてなしていた。

祖父の代から道具好きで、三代にわたって集められた茶道具に、名器といえるほどの物はなかったが、所蔵品はそこそこ佳品《かひん》ばかりであった。

「九左衛門がまだ十八、九歳の頃だったらしいが、ご領内のどこかへ出かけた折り、野働きをしていた領民から、大きな水甕《みずがめ》を一つ、もらい受けてきたそうじゃ。まあ、まことは肥甕《こえがめ》だったらしいがな。九左衛門は、畑の中から姿を見せている甕の口の辺《あた》りに、青い釉薬《ゆうやく》が美しく垂れているのに惚《ほ》れこみ、農耕をしていた男をくどき落としたともうす。大八車にそれを積み、家までもどってきた。そのあと内側にこびりついた汚れを、竹篦《たけべら》で丹念に削り、季節を待ってそれに水を張り、蓮の花を咲かせたときいた。いまその水甕は、茶室の躙口《にじりぐち》のそばに置かれておるわい」

「その甕は京で銀閣寺が建てられた足利義政公の時代、尾張《おわり》の常滑《とこなめ》で焼かれたものだそうじゃ。九左衛門から茶の振る舞いを受けたご仁によれば、甕の片側に松葉灰釉が見事にかかり、たとえもとは肥甕だったとて、惚れぼれするほどのものだと、わしはきいたわい」

「されば侘びや寂《さ》びとは、臭くて骨の折れるものじゃなあ。九左衛門からその肥甕を譲ってほしいと頼まれた領民は、そのときどんな顔をしたであろう。それを想像すると笑えてならぬ。きっとこの若侍、頭がおかしいのではないかと思うたであろうな。いや、それに相違ない」

「九左衛門はなまじ剣が達者ゆえ、御用所から詰目付を仰せつけられたが、まことは父上どのの後を継ぎ、お納戸役を勤めていたかったと、いまでも思うているだろうよ」

「ならば、茶室まで設けられた役宅住居《ずまい》はかなえられまい。とかくままにならぬのが、藩家から扶持《ふち》をいただくわれらの哀れなところじゃ」

藩道場で九左衛門と稽古《けいこ》をともにしてきた朋輩《ほうばい》たちは、各職に散っていた。かれらは九左衛門の数寄者ぶりを語るとき、決まって肥甕の一件を話題にして抱腹していた。

又蔵に問われた九左衛門は、しばらく返事もせず三ノ丸御門に向かっていたが、御門を目前にして急に足を止めた。

「そなたは役宅に先にもどっておれ。わしは思い立ったことがあり、ちょっと伝馬町《てんまちょう》まで用を足しにまいる」

「伝馬町まで――」

又蔵は、軽輩の士が九左衛門に辞儀《じぎ》をして通りすぎるのに、自分も軽く頭を下げながら反問した。

「いかにも、伝馬町までじゃ」

九左衛門はどこか虚《うつ》ろな目で答えた。

近頃、かれがときどき役宅のほぼ反対側、お城の北東に当たる伝馬町に出かけるのを、又蔵は知っていた。

伝馬町は辰ノ口御門の北東に位置し、旅籠屋《はたごや》や積荷屋がならび、人足や駕籠《かご》かきたちの叫び声が、やかましく飛び交う一画だった。

今日は十八日。城中の評定所で惣寄合《そうよりあい》が行われた。大垣藩では藩主在城の場合は月六回、在府の際は月八回、各奉行が集まり、藩務を議していた。

これに加わるのは城代、用人、勘定奉行などの各奉行と大目付、詰目付たちで、このうち月二回を惣寄合日と定め、これには三家老、組頭《くみがしら》、寺社町奉行たちも列席した。

評定所でこれをすませ、いつもなら九左衛門は詰目付役所にもどるはずだった。

だが自分の付目付を勤める青田市之助《あおたいちのすけ》だけを役所に向かわせ、小者の又蔵をともない、三ノ丸御門近くまできたのであった。

「旦那さま、お供はまことによろしいのでございまするか」

「ああ、無用じゃ。役務でまいるわけではない。役宅にもどったら家の者に、半刻《はんとき》（一時間）ほどで帰宅すると、伝えておくがよかろう」

東の空を仰ぎ、かれは又蔵にいった。

又蔵が納得できかねる表情で九左衛門に低頭したとき、三ノ丸の内堀から、水鳥が一斉に飛び立っていった。

二

天野九左衛門は本町通りを北にすすみ、辰ノ口御門を通りすぎた。

御門を出ると、中山道《なかせんどう》につながる伝馬町の喧噪《けんそう》が、いきなりかれをわっと包みこんだ。

人足たちが荷車に俵を積み上げている。

駕籠かきが道端に腰を下ろし、キセルで煙草をふかしていた。

「餅《もち》、餅は要《い》らんかい。どうぞ買ってくんさい。いま搗《つ》いたばかりの餅だがなも――」

餅屋の店先で、小僧が通行人に呼びかけている。

前方に構えられる実相寺《じっそうじ》の脇から、やはり白く光る御嶽がのぞいていた。

――わしはあの御嶽を子どもの頃からずっと見て、齢《よわい》を重ねてきたが、まだ一度も登ったことがないわい。今年でわしも四十三になる。足腰が達者なのもあとしばらく。来年あたり思い切ってお休みをいただき、一生の願いをかなえようかな。

九左衛門は独り胸の中でつぶやいた。

御嶽は美濃と信濃にわたってそびえている。

山頂に御嶽神社が祀《まつ》られ、「木曽御嶽」「飛騨御嶽」とさまざまに呼ばれる信仰の山だった。

貝原益軒《かいばらえきけん》は『岐蘇路之記《きそじのき》』（宝永六年序）の中で、「おんたけとは木曽の御嶽なり。（中略）富士・浅間にもならぶ程の山なり。所の人はおんたけと云。御嶽なり」と記している。
四、五年後、御用所に隠居届を出す。
茶室のある西外側町の役宅からは退《の》かねばならぬが、正式にお納戸役についた嫡男大炊助ともども、茶事にふける。道具類を目利きしたり、鑑賞したりして暮らすのも、悪くないと思っていた。

大垣の町は、総堀の内側に町民が住む町並みが造られ、一ノ堀の内側に重臣たちの屋敷、二ノ堀のやはり内側に、本丸や二ノ丸が設けられている。西に京口御門、東に名古屋口御門が構えられ、防備の厳重な城であった。

九左衛門は鼻先に舞い上がる砂埃《すなぼこり》に顔をしかめ、半町ほど歩き、やがて町屋の路地に足を踏み入れた。

伝馬町筋の喧噪が、すぐ遠ざかった。

ほどなく両側の家並みが、粗末な建物に変わり、ときには饐《す》えた臭いもただよってきた。

九左衛門が伝馬町筋のこの路地にやってきたのは、去年、木枯らしが勢いよく吹く日が最初で、それから七度ほどにおよんでいた。

路地の果てはいきなり田圃《たんぼ》になり、北の赤坂や揖斐《いび》の山々が一望にできた。

九左衛門が青田市之助をしたがえ、最初ここにきたのは、お城下見廻りの途中。吹く風の冷たさに、領内の山々が白くなっているのではないかとふと考え、眺望の利《き》きそうなここを訪れてみたのであった。

だが風は冷たかったものの、西の伊吹山や北の山々は、まだ雪に彩《いろど》られてはいなかった。

「年をへて、わしの面の皮も厚くなったはずじゃが、この風の冷たさには、頬がひりひりするわい」

かれは後ろにひかえる市之助に愚痴った。

「詰目付さま、なにを仰せられます。若いわたくしとて顔がごわごわしておりまする」

「そうであろうな。これからご領内の北山に雪が降り積み、やがてはお城下にも雪の舞う日がつづこう。今日は風は冷たくとも、よほど天気がよいのか、木曽の御嶽が遠くに青白くはっきり見えるわい」

顔を寒風にさらしたまま、九左衛門はつぶやいた。

「いかにも、さようでございますなあ」

市之助が答えたとき、九左衛門の足許を小さな殺気を放ち、黒いものがさっとかすめた。

にわかに鋭い目になり、視線が黒いものを追った。それは艶《つや》やかな色をした黒猫だった。

黒猫はついそばの荒屋《あばらや》の戸口でうずくまり、小声で鳴き、九左衛門たちを眺めていた。

「なんじゃ猫か――」

「お侍さま、そんな寒いところに立っておりんさらんと、土間に入って、火に当たりゃあせんか。木曽の御嶽さんはお城の櫓《やぐら》からよう見えようが、ここからでも望めますがなも。御嶽さんがはっきり見える日の二、三日後には、雨が降りますが、今度は雪になるはずですわ。まあこっちにきて、渋茶《しぶちゃ》やが、熱いお茶でも飲んでくんさい」

荒屋の表口から声をかけてきたのは、白髪《しらが》の老婆であった。

彼女は土間に敷いた筵《むしろ》の上に坐り、朝から草鞋《わらじ》を編んでいた。先ほどから主従らしい二人の武士が、荒屋のはずれに立ち、北の空を眺めているのに気づいていたのだ。

「それはありがたい。市之助、では馳走《ちそう》にあずかろうぞよ」

九左衛門は腰の差し料に手をのばし、鞘《さや》をつかんで荒屋の表口をくぐった。土間は広く、土間囲炉裏《いろり》で薪《たきぎ》がくすぶっていた。

「渋茶をすぐいれますで、そこの床几《しょうぎ》にでも腰掛け、火に当たっていてくんさい」

老婆は二人にいい、奥の竈《かまど》に置いた湯釜から渋茶を汲《く》み、九左衛門たちに運んできた。

荒屋の中に、建具や調度品はほとんど見られなかった。

「お婆《ばば》どのはここで、独りで暮らしておいでなのか――」

「伝馬町で人足頭をしていた連れ合いが死んで十年。子どももないゆえ、独りで住んでおるのだわね」

「草鞋を編んで生活《たつき》を立てているのじゃな」

「へえ、これで十分食べていけるでなも」

黒猫は老婆の足許にまとわりついていた。

九左衛門たちが渋茶をすすりはじめると、猫は上がり框《かまち》の隅に置いた茶碗に寄り、中のものを食べ出した。

九左衛門の目がその汚れた茶碗に注がれた。

黒猫がいま縁《ふち》を舐《な》めているのは、こんな荒屋にあるはずのない南宋の青磁。かれはわが目を疑い、それとなく茶碗をうかがった。

だがそれは紛れもなく、茶湯者《ちゃのゆしゃ》の間で珠光《じゅこう》青磁といわれている青磁茶碗だった。

九左衛門は自分の狼狽《ろうばい》を、市之助や老婆に気づかれぬよう、目を縁の欠けた両手の湯吞みにもどした。

――いかにうまく手に入れるべきや。

邪《よこし》まな思案が、かれの胸裏にきざしていた。

一陣の寒風が、荒屋をゆるがせていった。

三

あの日にくらべ、今日は藹々《あいあい》とした陽気で、結構な日和《ひより》だった。

――その猫の茶碗、わしに譲ってもらえまいか。

九左衛門はこの数カ月、いつも考えつづけていた。あれこれ役目にかこつけて伝馬町に足を運び、老婆が住む荒屋を訪れてきた。

彼女と親しくなったが、どうしてもそれをいい出しかねていた。

理由は青磁茶碗があまりに美しく穏やかな姿をしており、凜《りん》とした蒼古《そうこ》の美をそなえた絶品だったからだ。

老婆が井戸へ水を汲みに行った隙《すき》に、急いで手にしてみたが、胎土《たいど》は細かい粘《ねば》りのある土、磁化して灰白色に堅く焼き締まっていた。薄く青みのかかった透明な釉が、高台《こうだい》を残してたっぷりかかっている。外と内側に、意匠化された雲形状の文様が、櫛目《くしめ》で無造作にほどこされ、高台や中央にできた兜巾《ときん》には、えもいわれぬ味わいが感じられた。

この手の青磁茶碗を「珠光青磁」「珠光茶碗」というのは、侘び茶の始祖村田珠光《むらたじゅこう》が好んで用いたためだ。『松屋会記《まつやかいき》』の天文《てんぶん》十一年（一五四二）四月に、茶会で用いられた記載があるのを、九左衛門も知っていた。

天野家では道具方を勤めていたことから、多くの茶会記や陶磁器の破片を、目利きのため蔵していた。結果、九左衛門は青磁についても知悉《ちしつ》していたのであった。

かれの頼みに、老婆はどう答えるだろう。

――お侍さまは、わしがなにも知らんと思っておりんさるのやな。猫の飯茶碗に使ってはおりますが、これが珠光茶碗やと、お侍さまはわかっておりんさるのか。大垣のお殿さまは十万石のお大名。だがこれは十万石を投げ出しても、手に入れられぬ茶碗だわ。わしは草鞋を編んで暮らしておりますが、この茶碗を売り払ったら、どんな栄耀栄《えいようえい》華《が》でもできますがなも。これがまことの侘びの暮らしだがよう。

あの老婆から、こんなとんでもない言葉がやんわり返されてくるのを、九左衛門は恐れていたのである。

だが今日はなにをいわれてもいいと覚悟をつけ、茶碗を譲ってもらえまいかと頼んでみる気になっていた。

――こんな小汚い猫の茶碗、欲しかったらどうぞ持っていっておくんさい。

もしかしたら、造作なくもらえるかもしれない。九左衛門は自分に都合よく考え、路地をすすんでいった。

「お婆どの、ごめんくだされ。また渋茶を馳走していただきたく、お邪魔いたしました」

かれは開いたままの表口から、土間に声をかけた。しかしそこに敷かれた筵の上に、老婆の姿はなく、竈の向こうにも人の気配は感じられなかった。

「お婆どの、お婆どのはご不在か——」

九左衛門は家の中をうかがうように、また声をかけた。

だがやはり返事はなく、かれの目に上がり框の隅に置かれた猫の茶碗だけが、大きく映った。

その茶碗に、かれはそっと忍び寄った。

幸い、中は空《から》になっていた。急いで懐《ふところ》にし、人に気づかれぬよう、左の腋《わき》の下に差し入れた。

このとき、荒屋の梁《はり》の上から、ぎゃおうと猫の鳴き声がひびいた。

黒猫が九左衛門に、いきなり襲いかかってきた。

鋭い猫の爪《つめ》がかれの頬を引っ掻《か》き、黒猫は土間で身構え、再び飛びかかろうとしていた。

「小癪《こしゃく》な猫の奴、斬ってくれるわい」

かれは思慮を失い、腰の刀を鞘走《さやばし》らせた。

「ぎゃ、ぎゃおう——」

中空まで跳ね上がった黒猫は、そこで刀の一閃《いっせん》を浴び、どすんと土間に落下した。首と胴が断ち切られていた。

——たかが猫一匹、わしはたいした悪事をなしたわけではないぞよ。

九左衛門は自分にいいきかせ、外堀をぐるっと廻り、急ぎ足で役宅にもどってきた。

「伝馬町に近い荒屋で、老婆が首をくっていたそうじゃ。なんでも、かわいがっていた猫に死なれ、気落ちしたからだというわい」

数日後、こんな噂が九左衛門の耳にとどいてきた。

かれが入手した珠光茶碗は逸品だった。

本願寺に蔵されている同種の茶碗にも劣らなかった。

――茶湯数寄の昵懇《じっこん》を招き、茶会をいたそう。

九左衛門に悔恨《かいこん》の気持はなく、華やいだ気分になっていた。

茶会の当日、四畳半のせまい茶室に、四人の懇意《こんい》が並んで坐った。

その中には、近々、結納《ゆいのう》を取り交わす嫡男大炊助の舅《しゅうと》になる大蔵奉行坂田与大夫《さかたよだゆう》の姿も見られた。

茶釜から湯を汲み、九左衛門はまず一服点て、与大夫にすすめた。

「見事な青磁茶碗、藩家の茶道具の中にも、これほどの品はござるまい」

茶を飲み乾《ほ》した与大夫は、茶碗を手に取り、しみじみとした口調で褒《ほ》めたたえた。

このとき、猫の鳴き声が不意に九左衛門の耳につき、かれの顔付きがはっと変わった。

「お褒めにあずかり、かたじけのうございまする。銘は御嶽《みたけ》ともうし、長年、秘められていた家伝の品――」

九左衛門は胸の動揺を強《し》いて抑え、つぎの客のため茶碗をすすぎ、新しい茶をまた点てた。

茶筅《ちゃせん》を静かに振るっていると、小さな青い抹茶の泡が、急に赤い血の色に見えてきた。

「これは奇怪な。お婆も猫もわしを恨《うら》んでおるのじゃな――」

かれはいきなり茶筅を投げ捨て、血走った目で、茶碗の中に向かって叫んだ。

すでに九左衛門は狂乱していた。

「九左衛門どの、いかがされたのじゃ」

与大夫が片膝を立て、かれに呼びかけた。

「ええい、血なら血でもよい。飲んでくれる」

九左衛門は荒々しく茶碗を傾け、中身を飲み乾すと、茶碗をつかんだまま躙口をくぐり、ぱっと外に飛び出していった。

庭の石で、茶碗を叩き割ったらしい乾いた音がひびいた。

客の一人が躙口から外をのぞくと、九左衛門が割れた茶碗の鋭い破片で自分の首を掻き切り、喉《のど》と口から血の泡を噴き坐っていた。
猫の鳴き声が今度は大きくきこえた。

地蔵堂茶水《ちゃみず》

一

「番頭はん、民之助《たみのすけ》はいてますか――」

菊屋吉右衛門《きくやきちえもん》の母お貞《さだ》が、店と奥とをへだてる中暖簾《なかのれん》を右手でかかげ、帳場に坐る番頭の正兵衛《せいべえ》にたずねかけた。

菊屋は京の高倉錦小路上ルで小間物問屋を営んでいる。

彼女の居間の庭では、桜が満開に近かった。

「へえ、ご隠居さま、今日は三月六日（旧暦）。民之助は朝から水桶《みずおけ》をととのえ、お指図をお待ちしております。すぐお庭のほうに廻らせますさかい」

正兵衛は記帳の筆を止め、お貞に答えた。

「ああ、そうどすか。民之助は今日の日を、覚えていてくれたんどすなあ」

「そら、もう四年にもなりますさかい、三月六日のことぐらい、胸に刻んでおいてもらわななりまへん」

こうかれはいったものの、中暖簾をゆらし、奥に消えていくお貞の後ろ姿を、訝《いぶか》しげな顔で見送った。

いまは番頭だが、正兵衛が菊屋に奉公にきたのは十五歳のとき。当初は小店《こだな》にすぎなかった菊屋は、この二十七年の間に敷地を買い増しし、間口十間、奥行き二十間余りの大店《おおだな》となっていた。奉公人はかれをふくめ、十四人数えられた。

正兵衛より先に奉公していた三人は、三年前に亡くなった初代吉右衛門の計らいで、それぞれ暖簾分けを受け、独立していた。

暖簾分けは二十五年から三十年、何事もなく勤め上げた奉公人に、主がすすめてかなえられる。

無事な奉公が建前だが、初代は酒や女遊びに溺《おぼ》れないかぎり、あまり厳しいことはいわなかった。それはお店《たな》さま（女主）と呼ばれていたお貞も同じだった。

彼女は奉公人が失敗をやらかすと、なにかとそれをかばい、店の女《おな》子衆《ごし》が嫁ぐときには、仮親として世帯道具一式を新調してやるほどだった。

「このご恩は一生忘れまへん。いつかきっとご恩返しをさせていただきます」

暖簾分けを受けた者や、店から嫁いでいった女子衆だけではなく、家の事情で奉公を途中で辞《や》めざるを得なかった男女の誰もが、吉右衛門夫婦の配慮に、感涙《かんるい》にむせんで謝意をのべた。

「大袈裟《おおげさ》なことをいわんでもよろし。わたしたちに恩を返そうと思う余裕があったら、困った人たちに、できるかぎりのことをしてあげなはれ。そやけどそれも、人をよう見てせなあきまへんえ。人間はそら恐ろしいもんどすさかいなあ。油断をしていると、軒先を貸したつもりが、母屋まで盗《と》られることもあります。要するにわたしたち夫婦は、何事も慎重にしっかりやってほしいと、いうてますのや。恩返しやったら商いを熱心にして、菊屋の品物を仕入れ、仰山《ぎようさん》売ってくれたらそれでよろし。これは暖簾分けにはちがいありまへんけど、これからおまえさまは、わたしたちにはお得意さまになるんどすさかい」

初代の吉右衛門が死んだあと、奉公人に混《ま》じって家業にいそしんでいた一人息子の新吉《しんきち》が、二十四歳で店を継ぎ、父親の名を襲名した。

かれは十二のときから二十歳《はたち》までの八年間、小さな小間物屋へ奉公に出ていた。化粧品や装粧品の知識ばかりではなく、女性の性癖《せいへき》までみっちり学ばされてきた。

「お母はん、うちみたいな卸問屋《おろし》はともかく、こんな商売の小商いは、つくづく大変やと思いますわ。お客の女子はんは、あれこれ好みや文句を勝手にいわはります。一束の懐紙でも買《こ》うてくれはったら我慢もできますけど、文句だけつけて帰ってしまわはることも再々どす。女子はんとは、気ままで厄介なものどすなあ。わたしが嫁をもらう気にならへんのは、そのせいからかもしれまへん」

二代目吉右衛門は老女の面影を宿してきたお貞から、嫁取りの話を出されると、いつも苦笑してこうもらしていた。

だが自分も二十七になる。そろそろ身を固める時期にきているとは思っていた。

両親は若いころ、越前の武生《たけふ》から京都に出てきた。さまざま苦労を重ね、商いをいまの規模にまでしたのだと、折りに触れきかされてきた。

「菊屋の吉右衛門はん夫婦は、努力していまのお店を築かはったんや。一口には語れん苦労をしてきはっただけに、人にはやさしいわい。一人息子の新吉はんは、外へ奉公に出され、しっかり者に育ってはる。菊屋はこれからも安泰。奉公人は幸せどすわいな」

誰もが菊屋を見て、こう評していた。

こんな菊屋の女主のお貞が、商いが軌道に乗ったころから、毎年、一度として欠かさないことがあった。

それは三月六日、鴨川の源流、大原郷の高野川から、正午《ひる》きっかりの時刻に汲《く》んだ水で一服茶を点《た》て、服する行為だった。

比叡山《ひえいざん》の裾《すそ》を流れる高野川東岸のここは、若狭《わかさ》（敦賀《つるが》）街道の脇になった。鬱蒼《うっそう》と樹木が繁るそばに、小さいながら立派な地蔵堂が建っていた。

もとは古びて朽ちかけていたが、菊屋が村人に了承をもとめ、新普請した地蔵堂だった。

「大原郷の川からお茶の水を汲んでくるのは、なんで毎年、三月六日なんどすやろ。わたしもこの店に奉公にきた数年後から、暖簾分けをしてもらわはった宇兵衛《うへえ》はんに代わり、小ちゃな水桶を天秤棒《てんびんぼう》にかついで行きました。けどその理由まではきかされてしまへん。あそこの石地蔵さまに、なにかずっと願《がん》をかけてはるんやったらわかりますけど、それにしてもどうして三月六日なんどすやろ。しかもご隠居はんは、正午きっかりの水でないといかんというてはります。一服お茶を点てて飲むくらい、どこの水でもかまへんのになあ。ともかく民之助、おまえもそのお役目を大事に考え、地蔵堂のそばの川から、時刻も正確に水を汲んでこなあきまへんのやで——」

番頭の正兵衛は、小僧の民之助がこの役目につくと決まったとき、念を入れて命じた。

正兵衛から呼ばれた民之助は、奥の仕事部屋で懐紙の束をこしらえていたが、すぐお貞の居間の庭に廻った。

三十年近く、ただそれだけに用いられてきた蓋《ふた》付きの小桶を、かれはたずさえていた。

「ご隠居さま、この通りでございます」

「朝からそのつもりでいてくれはったんどすなあ。おおきに、すんまへん」

一度使われた水桶は、きれいに洗われて日陰干しにされたあと、納戸に仕舞いこまれた。そのため全体が白っぽくなっていた。

「おとといから水桶を洗い、今日の日を待っていたんどす」

「途中の茶屋でこれで団子《だんご》でも買い、お地蔵さまにお供えしてくんなはれ」

お貞は一朱銀を一つ、懐紙にのせて差し出した。

立派な地蔵堂に祀《まつ》られた石地蔵は、京の町ならどこでも見かけられる三尺ほどの立像。毎年大晦日《おおみそか》には、お貞が自分で出かけ、赤い胸掛けを取り替えていた。

彼女は足が達者なころは、自ら水を汲みに行っていたそうだった。

「それではいまから行って参じます」

民之助は片膝をついたまま低頭した。

二

水の匂《にお》いが鼻孔にただよってきた。

鴨川は下賀茂《しもがも》神社の糺《ただす》の森《もり》をのぞむ辺りで、北に二つに分かれている。

西が賀茂川、東が高野川であった。

民之助は京の大原口から、若狭街道に入った。山端《やまばな》村、八瀬《やせ》村、戸寺村をすぎ、地蔵堂をめざした。

若狭街道は比良《ひら》山地と丹波山地の裾をぬい、若狭の小浜《おばま》までつづいている。

山道をたどりながら、民之助は小さい水桶用の天秤棒を肩にし、左右の山々を仰いだ。

山の斜《なぞえ》のところどころに、桜の花が刷毛《はけ》で掃《は》いたように見えている。藁《わら》屋根のそばや谷底にも、桜の花が美しく咲いていた。

どこからともなく、鶯《うぐいす》の声もきこえてきた。

――比叡山は京の町から見ても大きいけど、こうして近くから見上げると、えらく大きなお山じゃわい。弁慶《べんけい》はこんな山の中から、毎晩、京の五条大橋まで出かけ、橋を渡るお公家《くげ》はんや侍たちから、刀を千本も取ろうとしたのやろか。そんなん、御伽草子《おとぎぞうし》の作り話に決まってる。そやけどそんなふうに話をふくらませ、作り上げてしまうところが、面白いわい。それには古いことも知ってなあかんし、やっぱりむずかしいやろなあ。

民之助は上嵯峨村《かみさが》から奉公にきた小僧だが、空想癖《くうそうへき》を持っていた。そろばんを弾《はじ》いて利を考えるより、こんなそろばんという便利な道具を考案したのはどんな人物だろうと、考える質《たち》をそなえていたのである。

「おまえ、急に立ち止まり、なにをぽかんと空を見上げてますのや」

いつか正兵衛が得意先に届け物をするため、民之助とともに急いでいた。背中に荷を負い、後ろにつづいているはずの民之助が、足を止め空を仰いでいるのを見て、咎《とが》めたことがあった。

「へえ、地震《じなえ》が起こるとうちらはびっくりします。けどあの青い空から天道さまが、いきなり落ちてきたらもっと大変やろうなあと、考えていたんどすわ」

「おまえは阿呆《あほ》かいな。お天道さまなんか絶対、落ちてきいしまへん。昔からそんな話、きいたこともありまへんわ。これからもどっしゃろ。ばかなことを考えてんと、さっさと歩きなはれ」

このとき正兵衛は民之助の顔をしみじみと眺め、妙なことを考える小僧だと思った。

だがこの話をきいた隠居のお貞は、どこか見所のありそうな子やと、褒《ほ》めそやした。

正兵衛には、民之助のどこに見所があるのか、さっぱりわからなかった。

——誰も考えないことを考えてみる。

これは空想癖の特徴の一つだが、一面、こうした思考は、商いにも大いに必要であった。

客がどんな品物を欲しがっているのか。それを探り、新しい品を作って売れば、利益が得られるからだ。

若狭街道は別名、鯖《さば》街道ともいわれていた。

若狭の海で獲《と》れた鮮魚は、魚荷衆《うおにしゆう》の背に負われ、京の錦小路の魚屋まで運ばれた。中でも浜塩にされて運ばれた鯖が有名で、京では鯖ずしなどに工夫され、よろこばれた。

京都と若狭や北陸を結ぶ街道だけに、狭隘《きようあい》な山道でも、絶えず旅人の往来が見かけられた。

「やっと地蔵堂まできたわいな」

途中、休みも取らず一気に歩いてきた民之助は、一刻半《いっときはん》（三時間）余りで、毎年の場所に到着した。

高野川もこの辺りまでくると、川幅が狭くなっている。川は地蔵堂の近くで大きく蛇行《だこう》し、大原の里のほうに向かっていた。

目前に比叡山につづく急峻《きゅうしゅん》な斜面が、空にのびていた。

「お地蔵さま、お久しぶりでございます。今日は三月六日。例年通り、茶水をまた汲《く》みに寄せさせていただきました。これはご隠居さまからのお届け物でございます」

民之助は地蔵堂の脇に水桶を置いた。

山端村の平七茶屋で買いもとめた団子の竹皮包みを開き、石地蔵に供え、両手を合わせた。

見れば、二つすえられた伊万里《いまり》の仏花器の花が枯れていた。

正午になると、寂光院《じゃっこういん》や三千院で鐘が打ち鳴らされる。その音をきくまで、まだいくらか時刻がありそうだった。

かれは潺々《せんせん》と水を奔《はし》らせる川辺に急ぎ、近くに生えるタンポポや蓮華《れんげ》の花を摘《つ》み、地蔵堂にもどってきた。

大きく蛇行した川には、土橋が架けられ、そのすぐ北に鎮守の森が鬱蒼と繁っていた。

地蔵堂は街道に背を向け、川にのぞんで建てられていた。もとは川で溺れ死んだ子どもの供養《くよう》に、石地蔵が祀られたものらしかった。

石地蔵に新しい花を供えたかれは、ついで堂の中に横たえられた小箒《こぼうき》で、狭い堂内の掃除《そうじ》をはじめた。

お天道さまが頭上にさしかかっていた。

そのあとかれは、両手に水桶を持ち、再び川辺に下りると、水桶の蓋《ふた》を取り、清らかな流れのそばに膝をついた。

ほどなく大原の村里から、鐘がひびいてくるはずだった。

――三月六日の正午に汲んだここの水で、ご隠居さまはなぜお茶を点てられるのだろう。

深い疑問が、民之助の胸をゆるがせた。

そのとき大原の村里から、鐘の音が大きくきこえてきた。かれは水桶二つを清流に沈め、つづけざまに水を汲んだ。

小魚が銀鱗《ぎんりん》をきらめかせ、青い水の底をさっと走った。

三

京へのもどりは楽だった。

一部の短い距離をのぞき、山道は全体がやや下り坂になっている。十四歳になる民之助には、小さな水桶を二つ肩にかつぐぐらい、さして苦ではなかった。

道中、若狭の小浜などに向かうさまざまな服装《みなり》をした旅人たちと、幾度も行きちがった。

股引《ももひ》きに膝切り姿の民之助は、草履《ぞうり》の音をひたひたさせ、若狭街道を南に下ってきた。

八瀬にさしかかると、〈八瀬の竈風呂《かまぶろ》〉から、盛んに煙が上がっていた。

東には比叡山がそびえ立っている。

先ほど水を汲んだ高野川の川幅がぐっと広がり、葦《あし》の萌《も》えはじめた川辺で、鷺《さぎ》が川魚を漁《あさ》っていた。

土橋を渡り、やがて山端村に入った。

街道の先に往路、そして石地蔵に供えるため、団子を買った平七茶屋の旗幟《はたのぼり》が見えた。

――やれやれ、もうこれでお役目を果たしたのも同じこっちゃ。平七茶屋でひと休みさせてもらおうかいな。番頭はんも団子ぐらい食べてきたらええと、小遣いをくれはったさかい。わし、ちょっと腹が空《す》いてきたわいな。

民之助は自分にいい、茶屋に近づいた。

「これは菊屋のお小僧はん、もう水を汲んできはったんかいな」

表に出ていた茶屋の老爺《ろうや》が、目ざとくかれを見つけ、声をかけてきた。

「へえ、正午の鐘を合図に、川から水を汲ませてもらい、そのあと休みもせんと、ここまでもどってまいりました」

「それはお疲れどしたやろ。焼きたての団子でも食べ、元気を出しておくれやす。お小僧はんの名前は、確か民之助はんどしたなあ」

「去年も同じことをきかはりました。これで四度目どっせ」

「年を取ると、物覚えが悪うなりましてなあ。そやけど毎年三月六日、京の小間物問屋の菊屋はんから、水汲みのお人が大原に向かうのだけは、しっかり覚えてますわいな。まあその大事な水桶、床几《しょうぎ》の脇にでも寄せてお休みやすな」

いいながら平七茶屋の老爺は、床几に腰を下ろした三人連れの武士に、湯呑みと団子の皿を配った。

民之助はかれに礼をいい、武士たちからひとつ離れた床几の脇に水桶を置いた。

腰を下ろし、ひたいの汗をぬぐった。

若い武士の一人が、じろっと民之助をにらんだ。民之助が腰を下ろした床几の端に、かれらが脱いだ塗《ぬ》り笠《がさ》が置かれていた。

「おい小僧、われらに無礼だぞよ」

いきなり若い武士が床几から立ち上がり、民之助を咎《とが》めた。

「驚かさんといておくれやす。な、なにがご無礼なんどす」

「そなたが尻をすえた床几には、われらの笠が置いてあろう。されば
われらはそこにいるのも同然じゃわい。挨拶《あいさつ》ぐらいいたさぬのか」

男の罵声《ばせい》で、二人の武士も立ち上がった。

「気づかれへんかったかもしれまへんけど、わしは小さくお辞儀《じぎ》を
させていただきました」

「おのれこ奴、われらに抗弁いたすのじゃな」

若い武士は、つかつか民之助に近づくと、床几の脇に置いた二つの
水桶を、どんどんとつぎつぎに蹴飛《けと》ばした。

桶の蓋がはずれ、水がざっと流れ出た。

「あ、あっ、えらいこっちゃ――」

民之助は四つ這《ば》いになり、地面に染みこんでいく水を見つめ、狼狽《ろうばい》の叫び声を上げた。

「たかが水ぐらいで、なんというざまじゃ」

だが民之助の曰《いわ》くありげな姿を見て、面倒なと思ったのか、中年すぎの武士が、若い武士を顎《あご》でうながした。親父《おやじ》、銭はここに置くぞと声をかけ、茶屋から立ち去っていった。

水桶からあふれた水は、見るみるうちに地面に吸いこまれていた。

「畜生《ちくしょう》、平七茶屋の親父《おや》っさん、わしに鍬《くわ》か鋤《すき》を貸しておくんなはれ――」

民之助は老爺に大声で頼んだ。

「菊屋のお小僧はん、無茶したらあきまへん。お武家さまに刃向かったら、殺されてしまいまっせ」

「そんなこと、誰がしますかいな。わしは地面に染みこんでいった水を、少しでも取りもどすんどす。急いで穴を掘らなあきまへん」

「そんなん、土は湿ってますけど、水は汲めしまへんがな」

「わしはきれいな水を取りもどせるとは、思うてしまへんわい。さっき汲んできた水、泥水になってたかて、なんとかそれをちょっとでも汲まな、ご隠居さまにもうしわけが立たしまへん」

民之助は水の染みこんだ地面を、すぐ掘りはじめた。そんな行為を伝えきいた山端村の村人や旅人たちが、がやがや集まってきた。

「この小僧はん、道理のわからん無駄《むだ》をやってんのやなあ。水なんかどこにでもあるがな」

誰もが民之助の行いを嘲笑《ちょうしょう》した。

夕刻になり、かれの帰りの遅さを案じた菊屋のお貞が、番頭の正兵衛とともに、駕籠《かご》で平七茶屋までやってきた。

二人は老爺から、一切の事情を告げられた。

深く掘り下げられた穴の中で、民之助はなおも鋤を使っていた。

「これっ民之助、そんなんまでしてありがたいことどす。おまえの思いだけで、うちの願いは十分かなえられました。毎年三月六日、あの地蔵堂のそばを流れる川の水で、一服お茶を点てて飲むのは、理由があるんどす。若いとき亡き夫の吉右衛門どのと、越前の武生村から、腹を空かせ喉《のど》を渇かせ、やっとあそこまでたどり着いたんどす。そしてあの川水を腹ばいになって飲み、地蔵さまに供えられていたぼた餅を、無断でいただいたからどすのや」

お貞は涙声でつづけた。

「初めは夫婦そろって小間物の行商。吉右衛門どのが、脂《あぶら》取り紙を工夫して一手に売り出してから、店が買えるほど儲《もう》けられ、いまにならせてもらえました。うちは三月六日のその日を忘れないよう、暮らしが楽になってからお茶をはじめ、毎年、同じ日のその時刻に水を汲みに行ってもろうていたんどす。おまえは変わった子どもやときいてましたけど、うちは変わってるとは少しも思わしまへんえ。穴の底に湧いてきた泥水。うちにはそれがおまえの誠実さとして尊うおす」

お貞は盛り上げられた土の上に両手をつき、幾度も民之助に頭を下げつづけた。

春の陽《ひ》が西の空に沈みかけていた。

戦国残照

一

――うちの隣の千松は、近江《おうみ》の戦に頼まれて、一年たっても帰りゃせぬ、二年たっても帰りゃせぬ、三年たったら首がきた。

村の子どもたちがこんな唄をうたい、輪になって遊んでいる。

そんな光景を見たり唄をきいたりすると、若い頃、小夜《さよ》は決まって耳をおおい、泣きそうな顔で藁葺《わらぶ》きの粗末な家の中に駆けこんできた。

家では姑《しゅうとめ》のお竹が、二つになった源太《げんた》の子守をしながら、土間に敷いた筵《むしろ》の上で草鞋《わらじ》を編んでいた。

棒で支え上げた板蔀《いたじとみ》の窓から、天王山《てんのうざん》が見え、その脇は山城国《やましろのくに》大山崎。京の都はその先だった。

東を流れる淀川の対岸に、石清水《いわしみず》八幡宮（男山八幡宮）が鎮座する小高い山がそびえ、川堤からまっすぐ東には、伏見の町が小さく見えていた。

摂津国《せっつのくに》広瀬村は、西国《さいごく》街道のすぐ近く、昔は奈良・東大寺領だときいている。

小夜が六つのとき、村の辺りで大きな合戦があった。

明智光秀軍が織田信長を京の本能寺に襲って自刃させ、急遽《きゅうきょ》、高松から引き返してきた羽柴秀吉軍と、山崎で戦いにおよんだのである。

「こんなところで合戦とは、横着なこっちゃがな。幸い、桔梗《ききょう》の旗印を立てた軍勢は、すぐに敗《ま》け逃げていきよったが、田畑の実りをさんざん踏み荒らしていったわい。そやけど村人は誰も殺されず、家にも火をかけられずにすんでよかったのう。わしは裏山でこわごわ合戦のようすを見ていた。ほんまに戦とは恐ろしいもんじゃわい。足軽大将から討死した仏さまの片付けを命じられたが、あれは気色の悪い役目やったなあ」

村人の誰かが、あとでぼやいていた言葉を、いまでも小夜ははっきり覚えている。

それから世の中は次第におだやかになり、秀吉の天下が築かれていった。

天正十年《てんしょう》（一五八二）のその年、秀吉は大山崎・宝積寺《ほうしゃくじ》の石垣を利用して山城普請をはじめ、ついで麓《ふもと》の禅刹妙喜庵《ぜんさつみょうきあん》に、茶室「待庵《たいあん》」を命じて造らせた。

この茶室は、秀吉の茶頭《さどう》についた千利休が、侘《わ》び茶の心構えを小空間に仕上げたものだった。

床の造形、下地窓《したじまど》や連子窓《れんじまど》の配置、化粧屋根裏を組入れた三つの天井の組立て、荒壁仕立てなどに、緊張した高い精神性がうかがわれた。いまは利休好みの茶室として唯一の遺構で、国宝に指定されている。

「恐ろしい合戦のあとには、城普請かいな。けど近くの村人が人足に雇われ、結構なことじゃ。いくらか銭になるのでなあ。それにしても妙喜庵の中に、世捨て法師さまがお住みになるような小さな建物を造ってはるのは、なんのためやろ。弥作《やさく》のところの吉十郎《きちじゅうろう》の奴が、餓鬼《がき》のくせに賢そうだと目を付けられ、荒壁にする壁土踏みに取り立てられているらしいぞよ」

「小屋に近い侘び住居《ずまい》の壁土を踏むのに、なんで人選びなんかするのじゃろ。大きな足でぐちゃぐちゃ踏んだほうが早いだろうが――」

壁土は切った藁《わら》を入れ、よく踏みこんだあと、長い期間置いておく。これを壁塗り職の左官たちは、寝かしておくという。

二畳ほどの広さの木枠の中で、泥土を踏みこねるのであった。

「それがそれではあかんそうや。京からきている棟梁《とうりょう》は、これはと思う子どもを集め、足の裏を丁寧《ていねい》に改め、吉十郎ともう一人どっかの子どもを、高い給金で雇うたそうじゃ」

「それだけではないぞよ。家と妙喜庵の往復には、絶対、裸足《はだし》はまかりならぬ、両足はいつもきれいにし、家でも白足袋《しろたび》をはいておれと、命じられたそうやわ。御幣紙《ごへいし》を編みこんだ子どもの藁草履《ぞうり》二十足と金《きん》子《す》も、あたえられたときいた。わしらもじゃが、ここら辺りの子どもは、だいたい裸足ですごしておるでなあ」

「壁土を踏むのに、なんで両足をきれいにしておらねばならぬのじゃろう。二人の子どもの足の形や色艶《いろつや》まで、吟味して選ばれたというわいな」

「小さな建物は、茶室というのやそうな。なんでも身分の高いお人たちが、躙口《にじりぐち》と名付けられた狭い潜《くぐ》り戸から、中にお入りになり、茶を飲むのやときいたわい」

「たかが茶を一服飲むくらいで、なんでわざわざそんな建物をこしらえ、仰々《ぎょうぎょう》しく壁土踏みの童《わっぱ》を選ばないかんのやな」

「それはその茶を飲まはるのが、野良《のら》仕事や山崎湊《みなと》で川人足をしているわしらとは違うお人たちじゃからやわ。世の中の偉いお人たちが、唐《から》渡りの茶碗をお使いやして、行儀ようお茶を楽しまはるんやわいな。壁土踏みにしたところで、わしらみたいな汚い足ではいかんのや」

「まあ、そういうこっちゃろなあ。茶室とやらの普請手伝いに、やっぱり行っている知辺《しるべ》が、その躙口はほんまに小さな出入口で、潜らな中に入れへんというてたわ。なんでまたそない小さくしはったんやろ」

千利休の孫の宗旦《そうたん》は『茶譜』（著者不詳）の中で、「クグリト云能名《いうのうめい》ノ有レ之ニ《のこれあるに》当代之ヲ躙《にじり》アガリト云、賤《しず》言葉」といっているという。また『松屋日記』には「大坂ひらかたノ舟付ニ、くぐりにて出《いでる》を侘で面白とて、小座敷をくぐりニ易仕給《やすくしたまわ》るなり」と書かれている。千利休の創意になる待庵の躙口は、縦が二尺六寸一分、横が二尺三寸六分だった。

ここで気になるのは、利休が自分の手紙に用いていた花押《かおう》の螻判《けらばん》。かれの花押にはほかに亀判、横判の二種が見られるが、螻判の使用は、天正十三年（一五八五）ごろからであった。

螻判とは、その花押の形がこおろぎのような昆虫の螻蛄《けら》にそっくりのためで、〈ケラ判〉ともいわれている。

螻蛄は穴を掘って、土中に住んでいる。躙口を入るのは、穴に潜《もぐ》るのに似た行為で、そんなところに侘び茶を興した利休の精神性の一端が感じられ、宗旦ののべる賤言葉が、大きな意味を持ってくる。

小さな躙口は、いわば異界への入口だった。

日本のおとぎ話には、穴に転げたおむすびを追って土中深くに入っていくと、異世界が展開していたとの話がある。

身体をかがめて躙口から入れば、そこはまさに侘びや寂《さ》びの異世界だった。

小夜は一つ年上の吉十郎が、浄衣《じょうえ》に御幣紙を編みこんだ草履をはき、妙喜庵の普請場に出かける姿を、毎日、まぶしく眺めていた。

こうして妙喜庵に茶室ができ上がると、秀吉はしばしばここで茶会を催していた。

かれが太政大臣となり、豊臣の姓を受けたのは、小夜が十歳の冬だった。

「山崎の合戦でご主君の仇《かたき》を討たれた秀吉さまが、これで天下さまになられたわけや。なにも知らんと、待庵の壁土を踏ませてもろうてたけど、わしもなんや鼻が高いわいな」

小さな畑を父親と耕しながら、十一歳になった吉十郎は、自慢げだった。

それから六年後、山崎の辺りがにわかに騒がしくなってきた。

豊臣秀吉の朝鮮出兵がはじまり、山崎湊や広瀬村の界隈《かいわい》は、淀川から船に乗り、大坂に向かう東国の軍兵でごった返したのである。

「わしは秀吉さまのお役に立ちたいけど、まだ十七になったばかりやさかい、唐渡りには連れていってもらえへん。それにしても、秀吉さまが千利休さまに切腹を命じはったのは、あんまりなんとちゃうか——」

そうした影響からか吉十郎は、誰から教えられたのやら、上手に茶《ちゃ》筅《せん》を振るい茶を点《た》て、人に振る舞うようになっていた。

そんなときいつも、妙喜庵の茶室の壁土を踏んだ話を、自慢げに語っていた。

小夜がそうした吉十郎と祝言を挙げたのは、それから二年後、淀川の東に見える伏見に、城普請がはじめられた春だった。小夜は十八歳、吉十郎は十九歳になっていた。

二

それから世間はなにかとあわただしかった。

翌年六月、京は連日大雨に降られ、淀川は大洪水になった。七月、関白秀次《ひでつぐ》が高野山で自害させられ、そばに仕えていた女性たち三十余人が、京の三条河原で殺害された。

さらにその翌年の七月には、京畿《けいき》が大地震に見舞われ、相当数の家屋が倒壊した。

太閤《たいこう》秀吉が諸大名に朝鮮再征を命じたのは、この翌慶長二年（一五九七）の一月。三月一日には、浅間山が大噴火を起こした。

小夜の両親が相ついで病で死んだのも、この年の秋であった。

「この数年、ろくなことがあらへん。小夜はんはまだ子どもを産まへんのかいな。早う元気な子どもをもうけ、わしらをぱっと喜ばせてほしいもんやわ」

村人たちにいわれるたび、小夜は肩身の狭い思いをしていた。

「なんの、おまえはまだ若いのじゃ。そう気にせんでもええ。いまに丈夫な子を授《さず》かるはずじゃわい」

姑のお竹は、一人息子の吉十郎が十六歳のとき、連れ合いの弥作を失っていた。嫁の小夜を可愛がり、姑としてもうし分がなかった。

吉十郎は畑を耕すかたわら、山崎湊で川人足として働き、暮らしは裕福だった。

小夜の懐妊《かいにん》がわかってほどなく、太閤秀吉が大坂城で没した。

「わしらは、京と大坂を結ぶ淀川の山崎湊の近くに住んでいるだけに、世の中の動きをなんでも早う知られるわいな。淀川を船で渡った向こうは石清水八幡宮。村のそばに西国街道も通っており、ここには天下のようすがすぐに伝わってくるがな」

「これから世の中はどうなるのやろなあ」

「大坂城に淀どのと秀頼さまがいてはるさかい、そら大揉《おおも》めに揉めはじめるわいな。徳川家康さまは石田三成さまら五奉行に、専横を責められたときいたけど、ともかくこのままではすまされへんわい」

世情不穏の中で、吉十郎の家から元気な産声《うぶごえ》がひびいてきた。

小夜が源太を産んだのであった。

「小夜、赤ん坊は死んだお爺《じじ》さまにそっくりじゃ。吉十郎にもよう似ているがな。ご苦労さまやったのう。これで村のお人たちにも、気兼ねをせんですむわいな」

姑のお竹が、赤ん坊の誕生を誰よりも喜んでくれた。

お竹は村人が家の前を通りかかると、誰かれとなく呼びこみ、源太と名付けた孫を、顔をほころばせて見せていた。

それから約一年、源太が伝い歩きをはじめた頃、石田三成が会津の上杉景勝《うえすぎかげかつ》と呼応、徳川家康を追討するため、諸大名に告げて兵を起こした。

「小夜、わしは誰がなんといおうと豊臣贔屓《びいき》じゃ。死なはった太閤さまは、山崎の妙喜庵にきて、よくお茶を飲んでいかはった。わしは一度だけ足軽として、西軍について行ってくるわい。決して死にはせぬ。なに合戦はすぐ終わるわい」

吉十郎は小夜が急いで縫《ぬ》い上げたお守り袋を首に吊るし、石田軍の足軽として、東に向かっていった。

袋の中には、石清水八幡宮の護符《ごふ》が入れられていた。

九月になってから、美濃の関ヶ原で東西両軍の合戦が行われた。東軍が大勝したとの噂《うわさ》が広瀬村にもとどき、やがて西軍の大将石田三成が、伊吹山の山中で捕縛され、京都の六条河原で処刑されたとの話も伝わってきた。

この関ヶ原合戦で、吉十郎は矢弾《やだま》にでも当たって死んだのか、何年待ってもついに帰ってこなかった。

「小夜、吉十郎はやっぱり美濃か近江で死んでしもうたんじゃ。あきらめな仕方なかろう。戦とはまこと酷《むご》いものじゃ。まあせめて源太がいるだけでも、幸いと思わねばなるめえ」

お竹と小夜はこのため、関ヶ原合戦の日を吉十郎の命日と決めていた。

いつもこういっていた姑のお竹は、大坂城が落ち、豊臣家が滅んでいった元和《げんな》元年（一六一五）五月の末、十七歳になった源太の手をにぎりながら死んでいった。

長い歳月がこうしてすぎ、小夜は六十歳。三代将軍家光の時代になっていた。

源太も三十八歳、女房のお菊との間に、二人の子どももいた。

「おばあちゃんの名前は小夜。愛らしくかわいらしいのに、孫のう

ちの名前は愛想《あいそ》のないしげ。うちは名前だけおばあちゃんと代わって
ほしいわあ」

姉娘のしげが、妹のもよとうなずき合い、よくそういっていた。

源太は淀川の川漁師として稼いだ金を溜《た》め、小さいながら元問屋を営むまでになり、小夜の老後は安泰そのものだった。

だが東の空を眺める老いた彼女の顔は、誰の目にも哀《かな》しそうに見えていた。

三

京の町は五月の若葉に輝いていた。

東山の緑が、目にまぶしいほどだった。

「源太、わしの足もまだ達者じゃろうが。だから駕籠《かご》なんぞいらんというたんじゃ」

「そやけどお母はん、川魚問屋の森田屋はんで用を果たし、寺参りをすませたら、もどりには高瀬船に乗っとくれやす。伏見まで下り、そこから三十石船に乗り換え、山崎湊まで帰ることにしてくだされ」

草鞋《わらじ》に股引《ももひ》き、夏半纏《ばんてん》姿の源太が、菅笠《すげがさ》の中から旅装束の小夜を眺め、そう断った。

昨夜、京都の森田屋まで挨拶に行ってくると、源太からきいた小夜は、急に自分も連れていってほしいといい出したのである。

「遠国《おんごく》ならともかく、京と境を接する摂津国の広瀬村に住みながら、わしが京へ出かけたのは、死んだお婆さまと東寺の弘法《こうぼう》さんに二度、お参りに行っただけじゃ。死ぬまでに一度、四条河原のにぎわいも、見たいと思うていたわいの」

川魚問屋の森田屋は、麩屋町《ふやちょう》通り錦小路にあり、広瀬村から早荷飛脚が、いつも新鮮な淀川の魚を店に運んでいた。

早朝、広瀬村を出立し、正午《ひる》前には京都の森田屋に到着した。

「元問屋の源太はん、お母はんとごいっしょなら、わしの家でゆっくりしていってもらわななりまへん。どうぞ、そうしておくれやす。なんどしたらわしんとこに長逗留《ながとうりゅう》し、京見物をしてもらっとくれやすな。飽《あ》きはったら店の番頭を付け、広瀬村のお家に、駕籠で送らせていただきますさかい――」

森田屋の主徳松《とくまつ》から、幾度もすすめられたが、小夜は気楽なのが一番だといい、丁寧に断った。商いの挨拶をすませた源太とともに、四条河原に向かった。

四条小橋を渡り、東を眺めた。

四条の鴨川には、仮橋しか架かっていなかった。橋がかりの石段を下り、岸辺から中洲《なかす》をへて仮橋を渡り、対岸に上がるのである。

河原には小さな芝居小屋や見世物小屋がもうけられ、川東にも芝居小屋が建ち並び、さまざまな音曲がひびき、ひどくにぎやかだった。

「一服、茶を召されませぬか。担《にな》い茶屋でございます」

四条小橋の畔《ほとり》に立ち、祇園社《ぎおんしゃ》の西楼門を見ていた小夜の耳に、このとき、どこかきき覚えのある呼び声がとどいてきた。

声は高瀬川沿いの町辻《まちつじ》からだった。

そこで担い茶屋が箱荷を下ろし、茶碗に茶を点《た》てて売っていた。六十すぎの老人が、茶筅で器用に茶を点て、そばに立つ客に茶碗を手渡しているところであった。

担い茶屋は、風炉《ふろ》や釜を担い、その場で茶を点て、客に飲ませる茶売り商人。神社や仏閣、また物見遊山などで人出の多い場所に箱荷を下ろし、一服だいたい四文ほどで売っていた。

茶臼《ちゃうす》で粉に挽《ひ》いた上等の茶・抹茶は江戸時代、薬効があるため、通りすがりの人々がよく飲んだものだった。

箱荷の片方に、風炉にすえた茶釜、もう一方には、茶碗を濯《すす》ぐ水桶が置かれていた。箱荷の上に、幾つかの茶碗が並べられているのが、普通であった。

「お母はん、どないしたんじゃ」

源太は担い茶屋の老人の姿を、異様な目で見る小夜の顔を、のぞいてたずねた。

老人の足許では、五十すぎの女子《おなご》がうずくまり、客の用いた茶碗を桶の水で濯いでいた。

「あ、あの担い茶屋のお人は――」

小夜は急に両の眦《まなじり》を吊り上げ、手にした杖を路上に捨て、ひょろひょろかれのほうに進んでいった。

「お、お母はん、いきなりなんやな」

それほど小夜の素振りは訝《いぶか》しかった。

「一服、お茶を召されませぬか――」

再び、人々に呼びかけていた老人は、自分に蹌踉《そうろう》と近づいてくる小夜に気づき、不審そうに眉《まゆ》をひそめた。

「どないしはりました」

老人の足許で茶碗を濯いでいた女子が、異様な気配に気づき立ち上がった。

「おまえ、おまえさまは、吉十郎どのではございませぬか」

小夜は老人にぐっと近づき、かれに呼びかけた。老いてはいたが、夫に相違なかった。

自分の後ろに源太が立っている。

まさに瓜《うり》二つの顔であった。

「吉、吉十郎。わしは宗市《そういち》ともうす茶売りでございますが、お婆《ばば》どのはどちらさまでございます」

老人は短くつぶやき、小夜の顔をまじまじと見つめた。なにかを必死に思い出そうとする顔付きだった。

「げ、源太、このお爺どのは、おまえの父親の吉十郎どのにちがいない。お爺どのが胸に下げておられるお守り袋は、足軽として発《た》たれる折り、わしが急いで縫い、男山八幡宮のお札《ふだ》を入れて渡した物じゃ」

小夜は老人の胸許からのぞく厚布の模様と、同じ布でこしらえたお守り袋を、懐からぶるぶる震える手で取り出し、涙声でつぶやいた。

「お婆さま、するとこのお人の本名は吉十郎さま。関ヶ原合戦のあと、古い記憶を失った落武者が、東山の粟田口《あわたぐち》に住んでいたわが家に、傷を負うて倒れこんできたのでございます。傷が癒《い》えれば、自分がどこの誰か思い出せるのではないかと思うてまいりましたが、ついにこの年になるまで、記憶はもどりませなんだ。うちはやきもの屋をしていたその家《や》の娘。やがて夫婦になり、いまは茶売りをして暮らしておりまする。お婆さまが急いで縫うたといわれるお守り袋、うちが触ろうとでもすると、このお人は人柄が変わったように怒られるのでございます」

いまの言葉でいえば、吉十郎は記憶喪失のまま、京都のかたわらで生きていたのである。

「お守り袋に触ろうとすると怒るのじゃと」

小夜の両の眦が少しゆるんできた。

戦とはまこと酷いものじゃといっていた姑の声が、小夜の耳朶《じだ》の奥でひびいた。

吉十郎は子どものころ、待庵の茶室の壁土を踏まされた記憶だけをわずかにとどめ、いまは茶売りをして生計《たつき》を立てているのだろう。

老いた小夜の両頬《ほお》に、滂沱《ぼうだ》と涙が流れ落ちていた。

壺中《こちゅう》の天居

一

「昼間、雨が降ったせいか、どこでも焼け跡の臭いが強《きつ》いなあ」

「わしはこの臭いに、もうあきあきしたわいな。美しかった京の町が、応仁・文明の大乱でほとんど焼けてしもうた。どこを見ても焼け跡ばっかりや。足利将軍の義政さまや守護大名たちが、それぞれ気ままを押し通そうとして、戦を起こさはった。守護大名は領国から軍勢を上洛させ、東西両軍に分かれて合戦。その戦が長引き、国人《こくじん》や土豪一揆《いっき》が全国に起こりおった。戦で苦労するのは、わしらみたいな貧しい者だけじゃわい。災害や飢饉《ききん》、戦の中で、わしらは辛《かろ》うじて大きくなってきたみたいなもんやがな」

「それでもまあ、世の中がちょっとは落ち着き、よかったやないか。わしらもこうして寺普請の仕事にありつき、どうやら食うていけてる」

どこに住んでいるのか、若い男が二人、東《ひがしの》洞院《とういん》川に沿い、とっぷり暮れた夜道を南に急いでいた。

夜鴉《よがらす》が短く鳴き、雲間から明るくのぞく月をかすめていった。

焦土《しょうど》と化した京の町でも、鴨川や堀川、東洞院川や西洞院川などでは、雨のあとでは特に、水が豊かに流れている。

きなくさい臭いの中に、ふと清々《すがすが》しい水の匂いがただよい、誰もがほっと心を安らがせた。

寺普請のもどりらしい男たちは、応仁・文明の大乱について嘆いていたが、大乱の予兆は為政者の無能と重なり、すでに何十年も前から表れていた。

大乱に先立つ十年前の長禄元年（一四五七）、畿内は天候不順による大凶作に見舞われ、旱魃《かんばつ》や洪水、さらに虫害が発生した。翌年もそれはつづき、室町幕府最大の凶作は、畿内から全国におよんでいった。どの時代でも大飢饉は、庶民の生活を根底からゆるがせる。中国・北陸地方ではこれが特にひどく、『碧山日録《へきざんにちろく》』は「人民が互いに食う」とまで記している。

この長禄大飢饉の二十六年前にも、諸国では凶作がつづき、京の都へ行けばどうにかなるとして、窮民たちが痩《や》せこけた姿で上洛していた。洛中洛外には飢民《きみん》があふれ、餓死した老若男女が、道端に打ち捨てられているありさまだった。

こうした中で才覚を持つ商人が、暴利をもくろんで米を買い占めた。当然、米価はひどく高騰《こうとう》していた。

「窮民にほどこせとまではもうさぬが、飢えた者たちをなお食い物にするとは、けしからぬ商人たちじゃ。容赦なく引っ捕らえてまいれ。打ち首にいたしてくれる」

箍《たが》のゆるんだ室町幕府侍所《さむらいどころ》の中にも、庶民の窮状を憂える所司代がいたとみえ、直垂《ひたたれ》に腹当てをつけた武士たちがくり出し、米屋を捕らえ、糾明した。

すると驚いたことに、張本人の一人で門次郎《もんじろう》という人物は、もとは物乞《ものご》いだったと、『看聞御記《かんもんぎょき》』は書いている。

奈良興福寺の大乗院に、『大乗院寺社雑事記《ぞうじき》』という日記があり、当時の世相を生々しく伝える文献資料として知られている。

この中で尋尊《じんそん》は、京畿《けいき》諸国に土一揆がさかんに蜂起《ほうき》し、幕府に徳政《とくせい》を要求している状況を知ると、「日本が開かれて以来、土民蜂起の始めなりき」と嘆いた。また「京中の人民で飢えて死ぬ者、毎日五百人、或いは三百人、或いは六、七百人、全体として数がわからない」とその惨状を記している。

大乱の根本的要因は、幕府内部の矛盾と権力抗争、たび重なる凶作や飢饉、土一揆の頻発などとして、すでに何十年も前から胚胎《はいたい》していたのであった。

直接の原因は、八代将軍足利義政の継嗣《けいし》問題。義政の妻日野富子《ひのとみこ》はわが子義尚《よしひさ》を将軍にすえるため、山名宗全《やまなそうぜん》を味方につけ、家督を継いだ義政弟の義視《よしみ》を擁する細川勝元《ほそかわかつもと》らと対立した。文正《ぶんしょう》二年（一四六七）一月十七日、京都上御霊《かみごりょう》の森で、畠山義就《よしなり》と同政長《まさなが》の間に合戦が開始された。

この年は三月五日に応仁と改元されている。

東西二つに分かれた合戦は、容易に決着がつかず、文明五年（一四七三）に山名宗全と細川勝元の両軍主将が死去し、義政が九歳の義尚に将軍職を譲ったあとも続行された。

両軍の武士たちの間には、厭戦《えんせん》気分が広がっていたが、それでも戦は終わらなかった。

「今日、うるさいと思うたら、裏の林の中で、疾足《はやあし》たちが二、三十人、戦をしとったのやがな。わしは危ないさかい向こうでやってくれと叫び、銭を放り投げてやった。そしたら疾足たちが、おおきにといい、そのときだけ仲良う永楽銭を拾うて去りよった。あの連中、なんのつもりで阿呆《あほ》な戦をしてるんやろ」

「実際に戦っとるのは、だいたい諸国から流れてきた流民たちや。どっちかの陣に属してたら、食うだけはできるさかいなあ。将軍さまは花の御所や慈照寺《じしょうじ》（銀閣寺）の庭普請にうつつを抜かしてはり、全くどもならんわい」

疾足とは足軽を指し、足白《あしじろ》ともいわれていた。戦国時代、合戦の先頭に立つ足軽の誕生であった。

こうして約十年におよぶ合戦で、洛中はほぼ焦土と化した。文明九年（一四七七）、畠山義就の河内下向によって、大乱はようやく幕を閉じたのである。

だが支配階級が抱える矛盾は、以後、下剋上《げこくじょう》として全国に拡大、やがて戦国時代に入っていくのである。

「わし、夜道は恐いけど、誰も襲うてきいへんやろなあ」

四条に近づいたところで、若い男の一人が、連れの男にいいかけた。

「わしらを脅したかて、鐚銭《びたせん》一枚も取れへんわい。辻強盗の奴も、相手を見てやるわいさ。汝《なれ》や知る都は野べの夕雲雀《ひばり》、あがるを見ても落つる涙は、やとさ――」

「なんやそれは」

「わしも人からきいたんやけど、将軍さまに書記として仕えてはった飯尾彦六左衛門《いいおひころくざえもん》さまが、焼け野原になった京の町を見て詠《よ》まはった一首なんやて。ほんまにそんな感じやったなあ。東山や吉田山の樹木は、小さなものはほとんど伐《き》り採られ、山は丸裸やったわいな。あんな時代はもうご免やわい」

四条東洞院の界隈《かいわい》に、点々と明かりが灯《とも》っている。二人の目前に、建ちはじめたばかりの町屋が数軒、見えてきた。

そのとき、すぐ左の足許のほうから、小さな笑い声がきこえてきた。

かすかに鳴絃《めいげん》の音もひびいてくる。

二人は足を止め、目をこらした。だがそれらしい明かりや気配は見届けられなかった。

それでもにぎやかな声がなお小さくときどき、酒や旨《うま》そうな食べ物の匂いまで足許から匂い立ち、二人の鼻孔をかすめた。

「どうやら土の中からきこえてくるようやわ。なんや気色悪いこっちゃ。早う去《い》のか――」

かれらは小走りでその場から去っていった。

二

大工たちが方丈《ほうじょう》の普請に励んでいる。

きのう東洞院通りを四条に向かっていた男の一人が、手伝い大工として、鉋《かんな》をせっせと使っていた。かれはそうしながら、木の香の匂う棟門《むなもん》のほうを、ときどき気づかわしげに眺めている。

その顔がぱっと輝いたのは、真新しい棟門をくぐり、もう一人の男が現れたからだった。

棟門では瓦職人たちが屋根瓦を葺《ふ》いていた。

「弥吉《やきち》、今日はえらく遅かったやないか。どうしたんじゃ。わしは案じていたんじゃぞ」

「すまなんだなあ。お母《か》んの足の傷がまた腫《は》れてきたさかい、宗祐《そうゆう》さまのところまで、塗り薬をもらいに行っていたのやわ。与一《よいち》に一言、断っておいたらよかったわい」

弥吉は与一に答え、腰帯にはさんでいた手拭《てぬぐ》いを、手早く頭に巻きつけた。

大勢を指図する本大工の義左衛門《ぎざえもん》の許に進み、今日の遅れの事情を説明した。

「それは悪いことじゃ。足の傷はしっかり治しておかねばなるまい。長い戦乱の中を生きのび、やっと命の心配もなくなったのじゃ。そんなとき、小石につまずいて転び、足に怪我《けが》をするとは、皮肉なもんじゃわいな」

義左衛門は辺りに目を配りながらつづけた。

「ここで働いている大工や左官、瓦職人や手伝いの中にも、親兄弟をあの戦で失った者が多くおる。それを思えば、京の都から戦がなくなったのはありがたいわい。さればこそこうしてわしら大工に、あちこちから仕事が舞いこんでくるのじゃ。おまえも与一も鉋や鑿《のみ》の使い方をしっかり覚え、手伝いではなしに、早く町屋普請ぐらいできるようにならなあかん。見ての通り、京の町は焼け野原。これからまだま
だ町屋普請はつづこうでなあ」

小肥《こぶと》りの義左衛門は、大工の棟梁《とうりょう》ながら、腰に鮫皮《さめかわ》造りの脇差《わきざし》を帯びていた。

そんなかれの格好にも、大乱を生きのびてきた本大工の気概が感じられた。

「そしたら弥吉、こっちにきて、わしといっしょに屋根板に鉋をかけてくれへんか」

「よっしゃ、わかった」

弥吉と呼ばれた男は、腰に結びつけた弁当の包みを、かたわらに片付けた。

膝切りの筒袖《つつそで》に脚絆《きゃはん》姿、足半《あしなか》を履《は》いていた。

大工の手伝いはおよそ半端な仕事ばかりだが、数をこなしていくうちに、こつを会得し、やがては町屋普請ぐらいできるようになる。

一人前の大工になる要諦は、多くの経験を積み、その中から〈勘〉を養うことだった。必要とされる事柄を素早く理解し、多方面にわたる適切な段取りをつける必要があった。

五重塔でも大きな寺院の建築でも、それほど大量の図面を描き、取りかかるわけではない。本大工の胸の中には、さまざまな経験が畳みこまれており、そこから生じる勘で、仕事を進行させていくのがほとんどだった。

ましてや町屋普請ならそうであった。

かつての時代、壁土をこねたり、壁塗りをするくらいは、子どもでも果たした。

器用な者なら、手伝い衆の手を借り、家を自分で造ってしまうほどだった。

子どものころからあれこれ家普請を手伝わされてきた経験が、こうしたことをかなえさせるのである。

「与一、ゆうべ家にもどる途中、変な騒ぎ声をきいた東洞院通りの町屋の普請場なあ。わし先ほど、あそこを通りかかったのや。そしたら髪をざんばらにした道服姿《どうふく》の初老の男が、袍《ほう》みたいな白い衣を着た侍童《じどう》を従えてた。石に腰を下ろし、普請の指図をしていたのやわ。本大工にしては妙な姿だと思い、立ち止まってちょっと見ていたんや。するとその男が、鶴首《つるくび》の壺（瓶子《へいじ》）をつかみ取り、酒をぐいっと飲んで、わしのほうを見てにたっと嗤《わら》いよったのやがな。わし背筋がぞくっと急に寒うなり、あわててここにやってきたのやわいな」

弥吉は与一にいい、鉋をつかんだ。

「道服姿の本大工いうのは、きいたことがないなあ。そのうえ袍みたいな衣を着た侍童を従え、しかも仕事中に、鶴首の壺の酒を飲んでとは、そらおかしなこっちゃ」

「そのにたり顔は気味悪かったけど、決して悪人には見えなんだわ」

いまにして思えば、その人物の嗤いは滋味《じみ》にあふれ、温かかった。

「四条通りの手前で行われているあの町屋は、東に向かって細く三軒が、いっしょに普請されているなあ。あの辺りは焼け野原で、家らしい家はろくに建ってへんかった」

「寺普請とはちがい町屋やさかい、十日もすぎたら、あらかた出来上がってしまいそうや。そやけど、どっかいままで見たこともない変わった町屋なんやで――」

「どこが変わってんのや」

与一は思案顔の弥吉にたずねた。

京の町は碁盤の目状にととのえられている。

応仁・文明の大乱をへてあちこちに造られつつある町屋も、間口が三間ほどと狭く、奥行きが深かった。

うなぎの寝所《ねどこ》——といわれるのがそれだ。

「大邸宅でもないのに、建物の中にぽつんと、なにもこしらえられてへん狭い青天井の場所があるねんやわ。あんな小さな場所に、なんのつもりやろ。そのうえそこに、人足たちが石を運びこんでいたわい」

「狭い場所に石を運びこんでいたとは、そら妙やわい。大きなお寺の庭なら石もわかるけど、まさかそんな狭い場所に、庭でもないやろしなあ」

「町屋にそんなんやさかい、変わってるというたんじゃ」

「道服姿をして、昼間から酒を飲んでるようなお人が、普請の指図をしてはるのや。変わってて当然。さぞかしけったいなものを、お造りやしてるんやろ」

与一は弥吉の話を、あまり気にも止めずに締めくくった。

その日は空に一片の雲もなく、終日、暑かった。

三

新建ちの町屋は、半月ほどで完成した。

町の方々に、焦土からの復興を告げるように、さまざまな規模の町屋が建ちはじめていた。それでも道服姿の男が指図して普請された町屋は、ほかにくらべて出色だった。

店構えはまず商いをする床間《ゆかのま》の表。つぎに奥に幾つかの部屋が並び、その奥が座敷になっていた。別に竈《かまど》やはしり（流し）のある土間がもうけられていた。

三軒の町屋は表は別にして、部屋は大小ちがいはあったが、共通するのは、家のどこかに坪庭ともいうべき小さな庭が、造られている点であった。

坪とは古代の土地制度で、条里の一区画を指し、広さ一町をいう。近世以降には、耕地以外の敷地などに使用され、明治二十四年（一八九一）に制定された度量衡法では、「歩《ぶ》或ハ坪六尺平方」と定められた。

もっとも墓地、壁塗り、高級織物などでは、坪の大きさはそれぞれ異なっている。本来、区画された土地を指す語なのであった。

三軒の町屋では扇屋、小袖屋、筆屋がそれぞれ商いを営んでいた。近ごろ新規に開かれた店として、物珍しさも手伝ってか、どこも繁盛しているようすだった。

「この店、なんや珍しい造りがされてるときましたわ」

小袖屋を訪れた客が、主の藤兵衛《とうべえ》にいいかけた。

「なにが珍しおすのかいな」

「店の奥に、小さな庭がこしらえられているそうどすなあ。小さくても町屋に庭いうのが、珍しおすのどすわ」

「ああ、それどすかいな。わたしも最初は、これはなんやろと思いました。けど表で忙しくして疲れ、奥に入って小さな庭どすけど、部屋の障子戸を開けて見てますと、世間の喧噪《けんそう》を忘れられます。ほっとしますのやがな。大徳寺の坊さまが庭を見にきはり、わたしにはようわかりまへんけど、うんとうならはり、方寸《ほうすん》の小空間じゃなとつぶやかはりました。その意味をおたずねしたところ、狭い空間の中に、広大無辺な自然を感じさせるとでもうせばよいのかのうと、いわはりましたわ」

大徳寺僧の言葉は、一個の石やわずかな砂、数本の樹木によって、自然を表現しようとする禅的思想にもとづいた庭だというほどの意味だった。

つまり常識を越えた象徴的な庭だと感服したのである。

「へえっ、大徳寺の坊さまが、そういわはったんどすか。一休和尚さまは、とっくにお死にやして、おいでるはずがありまへん。そのお坊さま、なんというお名前どっしゃろ」

「なんや、珠光《じゅこう》さまとかいわはりました」

「大徳寺に、そんなお名前のお坊さまがいてはりましたかいなあ。そら大徳寺には仰山《ぎょうさん》のお坊さまがおいでどすさかい、わかりまへんけど」

茶湯《ちゃのゆ》は村田珠光、武野紹鷗《たけのじょうおう》、千利休へと伝えられ、大成された。

奈良に住む商人で、茶数寄《すき》の珠光という人物が、延徳二年（一四九〇）、一休和尚十回忌に五十文、明応二年（一四九三）の十三回忌に一貫文を、大徳寺・真珠庵に寄進した記録がある。

江岑宗左《こうしんそうさ》の覚書《おぼえがき》『江岑夏書《こうしんげがき》』に、千利休は「道は珠光、術は紹鷗から得た」と書かれており、足利義政が貴族の茶湯、珠光は下々《しもじも》の茶、すなわち草庵茶湯の創成者と、一般に解されている。

「なんやったら、ちょっと庭を見てもらいまひょか——」

小袖屋の藤兵衛が馴染《なじ》み客を奥に案内した。

「ほんまに小そうおすけど、あの庭には深山幽谷《しんざんゆうこく》の気配がただよい、閑静な別天地。町中の俗塵《ぞくじん》を払うなかなかの庭どすわ。どなたはんが、あんな庭をお造りやしたんどす。きかせておくんなはれ」

「それがわたしにも、さっぱりわからしまへんのどすわ」

「わからへんとは、訝《いぶか》しおすなあ」

「北隣の扇屋の松屋はんと、南隣の筆屋の亀屋《かめや》はんとは、わたしは大の仲良し。今年の初めの大雪の日、飢えて行き倒れになってはるお年寄りを見つけたんどす。三人で面倒を見て、六角《ろっかく》のお救い小屋に運ばせていただきました。そのもどり道に、道服姿のお人に呼び止められましたのやわ。そしてそれぞれ好きな商いをするのやったら、家を建ててやろうといわれ、いまではここにこうして家を建ててもらい、商いをしているんどす。けどそのお人が、どこの誰かわからしまへんさかい、店賃《たなちん》（家賃）も払えしまへんねん」

「そら、ほんまにけったいな話どすなあ」

大工手伝いの弥吉と与一が、奇妙な道服姿の人物と侍童を道で見かけたのは、それからほどなくであった。

二人は小袖屋などの家普請の不思議を、噂としてきいていた。

「あの主従の後をつけ、正体を確かめてみよか――」

道服姿の男が、やはり壺をぶら下げているのを見て、気丈な弥吉が与一を誘った。

弥吉たちは二人に気づかれぬよう、こっそり後をつけた。すると二人は鴨川のそばまできて、道服姿の男がそこに据《す》えた鶴首の壺の中に、不意にすっと煙のように吸いこまれていったのである。

「あ、あれはなんということじゃ」

河原に鶴首の壺が、ぽつんと置かれているだけで、二人の姿はあとかたもなかった。

弥吉が恐るおそるそばに近づき、小さな壺の口をのぞいてみると、中には山から滝が落ち、美しい景色が広がっていた。

弥吉は高い山の上から、その景色を見下ろしている格好だった。

青瓦で葺《ふ》かれた小さな館《やかた》の庭で、芥子粒《けしつぶ》ほどに変わった侍童が、弥吉に下りてまいりなされと手招きしていた。

「なにを驚いているのじゃ。わしにも見せいな」

弥吉に代わり、壺の中をのぞいた与一は、うわあっと大声を上げ、後ろに引っくり返った。

「こんな恐ろしいことは初めてじゃ――」

弥吉と与一は、その場から一目散に逃げ去った。

しばらく後、鶴首の壺がひょいと持ち上げられた。侍童を従えた道服姿の男だった。

「あの二人、惜しいことをしたな。だがいずれ立派な町屋大工になろうよ」

道服姿の男がつぶやいた。

坪庭は俗塵を離れた別世界をなし、坪は壺に通じている。

中国に壺中天地の故事があり、仙人は小さな壺の中に住み、大宇宙を楽しんでいると伝えられている。

大盗の籠

一

「小僧、いま結んでとらせる。まあちょっと待つがよい――」

さわやかな声が、土間で竹籠《たけかご》を編む六蔵《ろくぞう》の耳にとどいてきた。

「とんでもないお侍さま、わし自分でしますさかい」

六蔵は籠を編む手を止め、上京・五辻《いつつじ》通りの斜め向かいの軒下をふと眺めた。

背中に蛸唐草《たこからくさ》の風呂敷包みを負ったお店《たな》奉公の小僧が、立ちすくんでいる。その足許《あしもと》に、立派な服装《みなり》をした公家侍らしい三十歳前後の男がうずくまり、片膝《かたひざ》に小汚い草履《ぞうり》を乗せていた。

男は懐《ふところ》から取り出した布を、口にくわえてびりっと裂いた。小僧の切れた草履の前緒《まえお》を、結び直しているのである。

往来の老若男女が、そんな二人にちらっと目を投げ、通りすぎていった。

懇意《こんい》にする店の小僧が、草履の前緒を切らせて困っている。偶然、そこに行き会わせた公家侍が情けをかけているのだと、誰もが解しているようすだった。

だが六蔵は、小僧が恐れて辞退する態度から、これはそうではないと瞬間に思っていた。

梅雨の晴れ間の一刻《いっとき》。暑い陽射《ひざ》しが公家侍の頭上で輝き、ひたいから汗を流しているのが、土間から見てもわかった。

公家侍は黒鞘《くろざや》にそえた小刀で、草履の前緒の結びを切り、裂いた布を苦心してその穴に通している。

かれの姿を見下ろす小僧の顔は、いまにも泣き出さんばかりだった。

「もうすぐじゃ、待てまて――」

「へえそやけど、あとはもう結構どすさかい」

「なにをもうす。これくらいわしでも造作なくできるわい」

やっと前緒の穴に布を通し終えたとみえ、公家侍が気を揉《も》む小僧の顔を眺め上げ、にこっと笑いかけた。

眉目秀麗《びもくしゅうれい》、色白のすがすがしい侍であった。

「おおきにお侍さま、助かりました」

「わしに礼など無用じゃ。大きな荷を背負い、裸足《はだし》で歩いていては、奉公に障《さわ》ろうでなあ。それ、やっと結び終えたわい。これで間に合おう。さあ、履《は》いてみるがよい」

かれは膝に乗せていた草履を、爪先立ちしている小僧の前にそっと置いた。

小僧がおずおず右足をくぐらせた。

「どうだ、履き心地のほどは――」

「へえ、工合よう結ばれてます。ほんまにありがとうございました」

「お店奉公は辛《つら》かろうが、身体《からだ》をいたわり、元気にはげむのじゃ。さすればやがて報われようでな」

かれは明るい顔で小僧にいい、さあ行くがよいとあごをしゃくった。

「おおきに、ありがとうございました」
十二、三歳の小僧は、幾度も公家侍に頭を下げ、南のほうに去っていった。
それを見送り、六蔵はさっと立ち上がった。

道を斜めに横切り、公家侍に近づいた。

「お侍さま、わしはそこの籠屋の主で、六蔵ともうします。見たところお手が汚れ、汗もおかきのごようす。わしの店にお寄りになり、お手をお洗いのうえ、冷えた麦茶でもいっぱいいかがでございます」

公家侍の優しい行いに感動した六蔵は、小腰を折り、軒先にさまざまな竹を立てかけた小さな店に、かれを招いた。

「それはかたじけない。そなたはわしが草履の緒をすげていたのを、あの店の中から見ていたのじゃな」

先ほど引き裂いた白布で、公家侍はひたいに浮かぶ汗を、拭《ぬぐ》いながらたずねた。

「はい、拝見しておりました。今日び、立派なお侍さまが、お店奉公の小僧はんにあんなんしはるのは珍しおす。わしは気持のええものを、見させていただいたと思うてます。まあそこの店に寄っとくれやす」

六蔵は相手の夏羽織の裾《すそ》を、引っ張らんばかりにして誘った。

「されば立ち寄り、手を濯《すす》がせてもらうとするか。それに喉《のど》も渇いておる」

素直にいい、その公家侍は六蔵の店に入ってきた。

半分に割られた青竹や、竹の削《けず》り屑《くず》が散る土間は、ひんやりと涼しかった。

「そこでちょっと待っていておくれやす。井戸から濯ぎ水を汲《く》んできますさかい」

六蔵はかれを床《ゆか》に腰掛けさせ、奥に走りこんでいくと、すぐ脚付桶《あしつきおけ》に水を入れて運んできた。

ついで盆に土瓶《どびん》と湯呑みをのせて現れた。

「お手をお洗いやしたら、冷たい麦茶をぐっと飲んでおくれやす」

六蔵は湯呑みをかれにすすめた。

「ありがたい。不躾《ぶしつけ》にたずねるが、細工道具を並べたあそこの棚に、古びた耳付籠花入《みみつきかごはないれ》が置かれておる。あれはそなたが拵《こしら》えたのか」

公家侍は目敏《めざと》く古びた籠花入を見つけ、六蔵にただした。

籠花入には今朝、六蔵が家の裏で摘《つ》んだ石榴《ざくろ》の小さな花が活《い》けられていた。

「あんなもんに気づいておくれやして、もったいない。あれはわしの親父《おやじ》が、手慰《てなぐさ》みに編んだ魚籠《びく》で、わしが花入にしているにすぎまへん」

魚籠とは獲《と》った魚を入れる竹籠。別名、胴丸《どうまる》ともいわれ、口がくびれ胴が丸形になっているものや花筒形のものなど、さまざまな形があった。

「ああ、確かにざんぐりと作られた魚籠には相違ないが、それを籠花入に見立て、石榴の花を活ける風流はたいしたものじゃ。千利休さまの数寄《すき》道具の一つに、魚籠を転用した耳付籠花入があってな。わしはそれを一度だけ、遠くからちらりと見た。あれによく似た素朴な数寄道具じゃわい」

「千利休さまのお名前ぐらい、わしでも知ってますけど、親父が拵えたあんな魚籠とお較《くら》べやすとは、畏《おそ》れ多いことどす。それほどのものではあらしまへん」

「いやいや、わしはあの籠花入だけを、褒《ほ》めているのではないぞよ」

かれは二杯目の麦茶を飲み乾《ほ》していった。

「お侍さまは茶湯《ちゃのゆ》をしはりますのかいな。それほど気に入らはったら、どうぞ持ち帰っとくれやす」

六蔵はかれの人柄の良さに応えるつもりですすめた。

「ありがたいことをもうしてくれる。されど親父どのが編まれ、そなたが愛蔵しているとわかる品を、いただくわけにはまいらぬわい」

公家侍は色白の顔に微笑をたたえた。

「失礼なことをおたずねいたしますけど、お侍さまは、どこのお公家さまにお仕えでございます」

かれが公家侍だと知れるのは、月代《さかやき》を剃《そ》らず、髪を諸大夫《しょだいぶ》風に結っているからであった。

「わしか。わしは梶井宮門跡《かじいのみやもんぜき》に、近習《きんじゅう》として仕える森田宗祐《もりたそうゆう》ともうす者じゃ。今日は宮門跡さまが茶会を催されるに際し、ご昵懇《じっこん》の六波羅《ろくはら》蜜寺《みつじ》の僧に、お招きの手紙を届けにまいったもどりじゃ」

かれは身分と名前をあっさり明かした。

「それはそれは、ご苦労さまでございました」

六蔵は腰を低くしたままうなずいた。

梶井宮とは、天台宗の門跡寺院三千院に入室した歴代法親王の称。梨本宮《なしもとのみや》ともいわれた。

梶井の称は平安中期、近江《おうみ》の比叡山麓《ひえいさんろく》東坂本の地に、座主《ざす》の〈里《さと》坊《ぼう》〉が営まれ、この法流を梶井流と呼んだのに因《ちな》んでいる。鎌倉時代以後、里坊は京都に移り、船岡山東麓や京都御所の近くに営まれ、いまは御車道《みくるまみち》今出川に構えられ、叡仁《えいにん》が座主についていた。

「ところで六蔵どの、あちこちに置かれた竹籠からうかがい、そなたは生業《なりわい》とはもうせ、相当、竹細工が好きらしいのう」

「へえ、細工が好きやさかい、親父の後をすんなり継いだんどす。女房に死なれ、一人娘をよそに嫁がせましたけど、竹細工をしていると、独り暮らしも寂しいとは感じしまへんねん」

「それは祝着《しゅうちゃく》じゃ。籠花入には唐物《からもの》、島物、和物があり、唐物とはもうすまでもなく中国製。これには把手《とって》の付いた大振りなものから、掛花入として用いられた小振りな品まで見かけられる。なかでも霊昭《れいしょう》女《じょ》形と呼ばれる大きな把手付の花入が有名じゃ。明《みん》の時代に請来《しょうらい》されたその霊昭女形の花入が、わしは大好きでのう」

宗祐はにこやかな顔でつづけた。

「霊昭女は唐《とう》代の隠士《いんし》・龐居士《ほうこじ》の娘。龐居士は清貧に甘んじつつ禅道を楽しみ、笊《ざる》や籠花入を作ると、娘の霊昭女に襄陽《じょうよう》の町へ売りに行かせていたそうな。龐居士の禅は大変なもので、在家の居士でありながら、禅僧たちにも重んじられていたというわい。町で竹籠を売り父母に孝養をつくす霊昭女の姿は、道釈画《どうしゃくが》の画題とされ、堺の茶湯者《ちゃのゆしゃ》たちの茶会では、よく用いられたともうす」

「宗祐さま、それほど霊昭女形の籠花入がお好きどしたら、それを描いた絵を、みせておくんなはれ。何日かかったかて、一つ編み上げてご覧に入れますわいな」

「それはありがたい。そなたならできるはずじゃ。細工代は十分にとらせる」

「いや、そんなもん貰《もら》われしまへん。わしが好きで編むんどすさかいなあ。宗祐さまのおためどしたら、よろこんでさせていただきます」

二人が話をする店の外を、団扇《うちわ》売りが団扇要《い》りまへんかぁと、売り声を上げ通りすぎていった。

二

数日後、宗祐は小振りな絵を一幅《いっぷく》持ってきた。

それは霊昭女がそばに咲く花を一輪摘み、川辺で休息している絵であった。かたわらの石の上に、大きな把手の付いた籠花入が置かれていた。

淡彩をほどこして描かれたこれには、狩野元信《かのうもとのぶ》の族姪《ぞくてつ》(甥と同義)で、小田原北条氏に仕えた狩野玉楽《ぎょくらく》の使用印とされる「右都御史之《うとぎょしの》印《いん》」が捺《お》されていた。

右都御史とは、明代に官僚の非違《ひい》を糾察するために置かれた官職であった。

繊細な筆致で描かれたこの「霊昭女図」は、中国院体系の折枝画《せっしが》を手本にしたとみえ、緑青《ろくしょう》や紅《べに》の発色も美しく、きわめて上品。岩の上に置かれた籠花入の編み目まで、克明に描かれていた。

「これだけ細かく描いてあったら十分やわいな。それにしても、籠花入の把手まで、きれいに編んだ竹で作られてるやないか」

六蔵は宗祐が預けていった画幅を、奥庭に面した明るい部屋にかけ、しみじみ眺めてつぶやいた。

なんとも愛らしく、気品のある絵であった。

「こまかなところは、細い竹綱《たけづな》を作って編めばよいわけや。龐居士はんもおそらくそうしてはったんやろ」

絵に描かれた籠花入を詳細に見て、また六蔵はつぶやいた。

竹綱はマダケで作るのである。

筍《たけのこ》が生長し、若幹から竹の皮が離れようとする季節が、原料の竹の伐採《ばっさい》に適していた。

方法は、伐採した竹を一丈くらいの長さに切り、それを一寸ほどに割る。薄く剝《は》いでから、火の上であぶって竹脂をのぞき、数日、炎天に晒《さら》すのだ。

さらにこれを数日間水に浸《つ》け、糸状になった二本を縒《よ》り合わせる。三本縒り合わせれば、いっそう強靭《きょうじん》となり、こうして作られた竹綱は、どんな綱よりも強かった。ほかの綱と交差しても、ほかの綱が切れるほどだった。

「五辻の籠屋の六蔵が、茶湯者たちが欲しがる見事な籠花入を作っているそうや。注文が引きも切らず、朝から晩まで編みつづけていても、間に合わへんというわいな」

「六蔵の親父《おや》っさんが編んだ籠花入を、わしも見せてもろうた。ほんまにこれが竹で編んだものかと驚くほど、こまかい仕事の美しい品やったわい」

「唐物籠の写《うつ》し物やという人もいてはるけど、あれほど精巧にできてたら、そんなんどうでもええわなあ」

「その籠花入の形もさまざま。霊昭女形といわれるものだけではのうて、釣舟、桂籠、鉈鞘籠《なたのさやかご》となんでもありや。竹は土と同じで、工夫次第ではどんな形にでもできるさかい」

「無造作にざっくり作られた魚籠や籠花入もええもんやけど、こまかに編まれた品には、なんともいえん気品があるがな」

「六蔵の親父《おや》っさんに籠花入を作ったらどうやと教えたのは、なんでも梶井宮門跡さまにお仕えしてる森田宗祐いう名前の近習らしいわ」

「やっぱりそうやったんかいな。六蔵の親父っさん一人の才覚で、あんな籠花入なんか作れへんと、わしは思うてたわい」

五辻界隈《かいわい》で人が集まると、こんな会話がにぎやかに交わされていた。

三

雪がちらつき、冷えが強《きつ》かった。

籠屋の六蔵は、筵《むしろ》を二重にした土間に腰を下ろし、手焙《てあぶ》りで指を温めていた。

長い歳月、竹を割り籠を編みつづけてきた両手の指は、自ずと太くなり、人足や農夫のものと少しも変わらなかった。

かれの膝許には、ほぼ完成した霊昭女籠が置かれていた。

「邪魔をいたす――」

突然、店の表に三人の男が現れ、土間の六蔵に声がかけられた。

服装からして二人は町奉行所の与力と同心、残る一人は下っ引き(岡っ引き)のようだった。

「な、なんでございまっしゃろ」

六蔵は急いで膝をそろえて坐り直し、頭を下げてたずねた。

「わしは西町奉行所総与力の山脇佐兵衛《やまわきさへえ》ともうす者じゃ。そなたが籠屋の六蔵か――」

「へえ、さようでございます」

西町奉行所の総与力ときき、六蔵はさらに態度を堅くした。

総与力のかれが、なぜこんな籠屋に付同心と下っ引きをしたがえて訪れたのだろう。評判の籠花入の注文にきたとは思えなかった。

「そのようにかしこまらぬでもよい。そなたが六蔵なら、是非知らせておきたいことと、町奉行所がもうし付けたい仕儀《しぎ》があり、まかりこしたのじゃ」

「そ、その二つ、なんでございまっしゃろ」

山脇佐兵衛の訪れた用件がわかりかね、六蔵は手をついてかれの顔を仰いだ。

だが急に、三人を土間に立たせたままではまずいと考え、床に腰を下ろしてくんなはれと勧めた。

かれは三人の前で、吟味《ぎんみ》を受ける格好になった。

「そなたはまだなにも知るまいが、わしたちは十日前、二十人ほどの与力や同心を梶井宮門跡の屋敷に繰《く》り出《だ》し、森田宗祐ともうす近習を召し捕った。こ奴、実は二百余人の配下をしたがえ、東海道筋を長年にわたり荒らし廻っていた大盗賊日本左衛門《にっぽんざえもん》の腹心第一と評される人物。中村左膳《なかむらさぜん》ともうす男なのじゃ。いつの間にやらこの京に潜伏《せんぷく》し、どうした次第か数年前から、梶井宮門跡の近習になりすましておったのよ」

六蔵は山脇佐兵衛の言葉を、呆然《ぼうぜん》ときいていた。

あの森田宗祐が、大盗賊日本左衛門の腹心第一とは、のけぞるほどの驚きだった。

「探索には苦労いたしたが、中村左膳は逃れられぬと思うたのか、従容《しょうよう》と縛《ばく》についた。物腰ははなはだ立派、盗賊ながらどこに出しても恥ずかしくない男じゃ。そなたに中古の絵を見せ、籠花入を編んだらどうかと指導したそうじゃな。尋問《じんもん》している最中に感じたのは、学問でも茶湯についても、奴が生半可《なまはんか》ではない知識をそなえていることじゃ」

かれの人柄に、総与力の佐兵衛も魅《み》せられているようすがうかがわれた。

梶井宮門跡がかれを近習としたのも、その人柄や学識の深さに惚《ほ》れこんだからだろう。

「あの森田宗祐さまが、日本左衛門の一の手先、そんなことが――」

六蔵は絶句し、佐兵衛を見つめた。

「そなたが驚くのももっともじゃ。されど念のためもうせば、そなたも仲間ではないかと、ひそかに探りを入れていたのだが、いまでは疑いがはっきり晴れた。是非伝えたいのはこの一点。さらに町奉行所がそなたにもうし付けたいのは、中村左膳を江戸に押送《おうそう》する唐丸籠《とうまるかご》を、拵えてもらいたいことじゃ。左膳がたってそう願っておってなあ」

「わしに唐丸籠を作れと――」

六蔵はまた驚いて目を剝《む》いた。

唐丸籠は釣鐘《つりがね》型の籠。重罪人を遠くへ護送するのに用いられた。

「左膳によれば、おのれが入る唐丸籠をそなたに拵えてもらうのは、身許を偽《いつわ》っていたせめての罪滅ぼし。六蔵なら厳重極まりない唐丸籠を、編むに相違ないともうしていた。おお、うっかり忘れていたが、左膳からそなたに、狂歌一首を預かってきておる。読んでとらせよう」

山脇佐兵衛は、懐から折り畳んだ紙を取り出した。

「人の世に生きる死ぬるも運不運　二つ名前の大泥棒――」

佐兵衛は左膳の狂歌を読み、瞑目《めいもく》した。

六蔵の胸裏には二年半ほど前、店の表でお店奉公の小僧に、草履の前緒を結んでやっていたかれの姿が、鮮やかに浮かんでいた。

あの優しさは、盗賊となったかれにも、おそらくそんな辛い時代があったからだろう。かれは苦境から脱するため、学問にも励んだ。

だがかれの不運は、誰もその学識を認めないことだったのではないか。梶井宮門跡にやっと認められたとき、かれはすでに盗賊として追われる身になっていた。

日本左衛門は義賊の嚆矢《こうし》といわれている。

――不義非道によって金を儲《もう》けた奴から奪い、貧に泣く者に分配する。それで世の中から怨《うら》み悩みが消えて泰平となる。

これが日本左衛門の盗賊としての哲学だったが、事実は決してそうではなく、かれ自身、非道も重ねていた。

六蔵の作った唐丸籠に入れられ、中村左膳は延享三年（一七四六）十二月中旬、江戸に護送されていった。

この護送には、『翁草《おきなぐさ》』二百巻を著した西町奉行所与力の神沢杜口《かんざわとこう》（貞幹）が、六人をしたがえて当たった。途中、仲間に籠を奪われる恐れもあり、斬死《ざんし》を覚悟での出発だった。

役目は無事、十一日間で果たされた。

道中、杜口は左膳の態度によほど感服したのか、二人は互いに落涙して別れを告げたという。

翌年正月九日、日本左衛門が京都東町奉行所に自首。同月二十八日、江戸市中引き廻しのうえ、伝馬町牢内《でんまちょうろうない》で左膳や他の二人とともに斬首された。

それから百十余年後の文久二年（一八六二）、河竹黙阿弥《かわたけもくあみ》は日本左衛門を日本駄右衛門《だえもん》として、歌舞伎「白浪《しらなみ》五人男」を書いている。左膳の刑死をきいてから、六蔵は籠花入をぷっつり編まなくなっていた。

「茶湯はわが身の理《ことわり》を知りて分に相応するを本意とす。利休さまのお孫の宗旦《そうたん》さまが、そういうてはったと、宗祐さまからきかされたわい。まあ、わしもそんなつもりやがな」

中村左膳は『宗旦伝授聞書《ききがき》』まで読んでいたのであった。

本書は、株式会社光文社のご厚意により、光文社文庫『宗旦狐』を底本としました。但し、頁数の都合により、上巻・下巻の二分冊といたしました。

宗旦狐　上
―茶湯にかかわる十二の短編―
（大活字本シリーズ）

2024年11月20日発行（限定部数700部）

底　本　光文社文庫『宗旦狐』

定　価　（本体2,700円＋税）

著　者　澤田ふじ子

発行者　並木　則康

発行所　社会福祉法人 埼玉福祉会

埼玉県新座市堀ノ内3―7―31　〒352―0023

電話　048―481―2181

振替　00160―3―24404

印刷製本所　社会福祉法人　埼玉福祉会 印刷事業部

ISBN 978-4-86596-661-9

大活字本シリーズ発刊の趣意

現在，全国で65才以上の高齢者は1,240万人にも及び，我が国も先進諸国なみに高齢化社会になってまいりました。これらの人々は，多かれ少なかれ視力が衰えてきております。また一方，視力障害者のうちの約半数は弱視障害者で，18万人を数えますが，全盲と弱視の割合は，医学の進歩によって弱視者が増える傾向にあると言われております。

私どもの社会生活は，職業上も，文化生活上も，活字を除外しては考えられません。拡大鏡や拡大テレビなどを使用しても，眼の疲労は早く，活字が大きいことが一番望まれています。しかしながら，大きな活字で組みますと，ページ数が増大し，かつ販売部数がそれほどまとまらないので，いきおいコスト高となってしまうために，どこの出版社でも発行に踏み切れないのが実態であります。

埼玉福祉会は，老人や弱視者に少しでも読み易い大活字本を提供することを念願とし，身体障害者の働く工場を母胎として，製作し発行することに踏み切りました。

何卒，強力なご支援をいただき，図書館・盲学校・弱視学級のある学校・福祉センター・老人ホーム・病院等々に広く普及し，多くの人人に利用されることを切望してやみません。